EMMANUELLE ARSAN

TOUTE EMMANUELLE

PIERRE BELFOND

3 bis, passage de la Petite-Boucherie
75006 Paris

Si vous souhaitez recevoir notre catalogue
et être tenu régulièrement au courant de nos publications
envoyez vos nom et adresse en citant ce livre
Editions Pierre Belfond
3 bis, passage de la Petite-Boucherie
75006 Paris

ISBN 2.7144.1154.I

J'ai aimé n'importe comment :
je n'ai pas aimé.

Nitya Phenkun
(Ma sœur sirène)

I. EVE ET APRES

II. OUVERTURE

III. AMOUR TRANSFINI

IV. LES SEINS D'EROS

V. ROUTES ET DEROUTES DE SABLE

VI. CODA DU CHANT DE LA SIRENE

I
Eve et après

Pussy Power

Quand j'étais petite, je croyais que les garçons ne pouvaient pas faire l'amour. Ils ne le pouvaient pas, parce qu'ils n'avaient rien, dans leur corps, avec quoi le faire : aucun organe approprié.

L'amour, selon moi, ne se faisait qu'avec le *pussy*. (J'habitais l'Angleterre et, comme tout le monde dans mon entourage, je désignais par ce mot la fente de mon sexe — bien qu'elle fût encore sans pelage — et celle, bien sûr, des autres filles : et ce petit chat-là m'inspirait incomparablement plus d'intérêt et, dès ce tout jeune âge, me donnait infiniment plus de plaisir que les vrais chatons dont on s'entêtait bêtement à me faire cadeau.) Ainsi, nous seules, les femmes, grandes ou petites, étions capables de faire l'amour. Déjà, je pressentais que la Nature est injuste et découvrais que les chances à la naissance sont inégales ; mais surtout, je me réjouissais tous les jours d'être née du bon côté !

De ce privilège, ai-je très tôt déduit, découlait toutefois une responsabilité évidente : il fallait que je sois très gentille avec les garçons, pour leur faire oublier l'humiliation et les consoler du chagrin qu'ils devaient certainement ressentir à être privés d'un aussi merveilleux pouvoir.

D'où m'étaient venues ces idées ? Franchement, je n'en sais rien. En revanche, je vois très bien quels services elles m'ont rendus, tout au long de ma vie, et quelle gratitude je leur dois.

Lorsque je dis que l'origine de mes fantasmes enfantins m'est inconnue, c'est réellement parce que je ne réussis pas à les lier logiquement à l'un plutôt qu'à l'autre des multiples éléments formateurs qui ont concouru à mon éducation invisible. Et je ne vois pas mieux à quel legs génétique particulier je devrais, en bonne justice, attribuer l'exotisme de mes postulats érotiques. Vient-il, comme mon nom de famille et comme moi, de la mer ? Le sexe des profondeurs a parfois l'ambiguïté des formes aquatiques et, souvent aussi, l'humeur changeante des courants...

J'ai été conçue loin d'ici, sur le sable et le sel, dans l'odeur sexuelle du poisson pêché. Ma future mère avait quinze ans à peine : elle accompagnait là une aïeule oubliée, venue visiter son ancien village de pilotis et de bois rouge, aux rives méridionales d'une mer criarde de coraux, blanche de méduses et noire de requins. Mon père futur l'a rencontrée, par hasard pur, sur cette plage et sous ce soleil. En ce temps-là, lui aussi était très jeune : il étudiait, seul, pour devenir un homme de ville et de voyage. Ils ont fait l'amour, sans même que l'un sût qui était l'autre.

Je suis née avant qu'ils ne se soient encore vraiment souciés de faire connaissance. Entre-temps, ma mère a connu d'autres hommes, mon père d'autres femmes. C'est à cause de moi qu'ils se sont revus ensuite, peut-être. Deux ans plus tard, lorsque j'ai eu une sœur, ils se sont mariés et, depuis, ils ne se sont plus jamais quittés.

Je n'ai jamais vu de mes yeux le village dont je parle, ni ses rivages de terre d'or. Mes parents n'y sont pas retournés. Lorsque j'ai laissé, avec eux, le pays de ma naissance, j'étais trop bébé pour pouvoir me le rappeler, ou pour avoir l'idée d'y revenir.

J'ai grandi en Europe, puis ai changé si souvent de place que partout, maintenant, je me sens chez moi. Je n'ai pas le sentiment d'appartenir à une nation plutôt qu'à une autre, ni à une race, ni à une culture exactement délimitée — ou limitée. Je ne me crois pas, néanmoins, apatride ; je me veux simplement étrangère : il y a dans l'étrangeté une liberté qui vaut plus que toute ressemblance.

Il n'est pas étonnant, donc, que mes souvenirs d'enfance dépaysent et choquent, quand je les évoque. Tant d'adultes ont éduqué leur mémoire, pour qu'elle leur offre de leurs années d'apprentissage de la vie une image conforme aux bienséances dans lesquelles ils ont, plus tard, appris à croire, qu'ils ne se reconnaissent plus dans les enfants réels qu'ils rencontrent ou qu'on leur raconte. Ils oublient qu'à quatre ans, à six ans, eux aussi étaient tout sexe, ne s'intéressaient qu'au plaisir, étaient capables de toutes les audaces. Ma vraie singularité, au milieu de ces amnésiques volontaires, est sans doute de n'avoir pas changé de mémoire.

Lorsque j'avais six ans, ma sœur en avait quatre : cette différence d'âge ne nous empêchait nullement d'avoir les mêmes goûts et de partager les mêmes désirs. Et je me souviens très clairement que celui de ces désirs qui nous occupait le plus était de voir des sexes féminins, des *pussies*.

Nous avions beaucoup d'occasions de satisfaire cette prédilection. Pour commencer, naturellement, nous passions, chaque jour, de grands moments à perfectionner la contemplation mutuelle et la manipulation conjointe de nos propres petits *pussies*. Ensuite, nous admirions quasiment autant celui de notre mère. Pour rien au monde nous n'aurions manqué l'entrée de celle-ci dans la salle de bain. Nous courions nous accouder au rebord de sa baignoire, pour en scruter l'eau transparente. Bien plus que son visage, qui souriait pourtant tendrement à notre curiosité et à notre ferveur, c'étaient son pubis, sa vulve et ses seins qui nous semblaient mériter la dévotion la plus adorante et l'étude la plus prolongée.

D'autres femmes, néanmoins, nous intéressaient aussi. La plus mémorable, à cette époque, a sans doute été une Anglaise rousse qui est venue passer quelques mois avec nous et que nous avons aussitôt jugée « presque aussi belle » que notre mère et « presque aussi jeune » : en fait, elle était sa cadette de quelque cinq ans, n'en ayant elle-même que seize ou dix-sept. Elle fut, de prime abord, troublée que nous fassions inopinément irruption dans sa chambre, dans l'intention déclarée de la voir au lit. Notre sympathie lui avait été acquise d'emblée dès que nous avions découvert qu'elle y était nue. Certes, nos parents et nous-mêmes en faisions autant, mais nous savions aussi que nombre de nos semblables s'entortillent dans des chemises de nuit ou des pyjamas, même pour dormir seuls, et nous éprouvions une méfiance et un éloignement instinctifs envers les gens qui se refusaient ainsi une liberté facile.

Cette Mildred s'est vite laissée conquérir et nous lui avons alors demandé, avec sincérité et sérieux, qu'elle nous fasse voir son *pussy*. Elle a paru, sur le coup, un peu interdite, a fait un effort visible de réflexion, puis, soudain décidée, a rejeté ses draps et nous a dit : « Voilà ! Regardez ! » La nouveauté et la luxuriance de la touffe rouge nous ont éblouies...

Il n'a fallu que quelques jours, après, pour que Mildred devienne pour de bon notre première amante. Elle n'aurait sûrement pas osé faire elle-même les premiers pas, mais nous l'avons si bien embrassée et si bien caressée qu'elle aurait dû être faite de bois mort pour résister à ces invites.

Nous n'avions pourtant pas, ma sœur et moi, à ce moment-là, la moindre connaissance théorique ni pratique de l'amour physique, même, quoi que nous prétendions, entre femmes. Nous avions simplement le culte du corps féminin et nous trouvions de nous-mêmes, avec une capacité d'invention qui est d'ailleurs commune à tous les enfants amoureux, les gestes qu'il fallait faire pour exprimer très lascivement notre admiration et notre désir.

Lorsque, plus tard, est arrivé à Londres un oncle artiste, qui peignait des nus plus volontiers que des pommes, nous n'avons eu de cesse qu'il nous admette à stationner longuement dans son atelier. Ni lui ni ses modèles (il avait le bon goût et le don de les choisir belles) ne semblaient penser que nous puissions poser sur une femme nue autre chose qu'un regard « innocent ». Il et elles se rendirent assez vite compte, cependant, que ces séances d'observation nous mettaient dans un état avancé de passion. Nous ne nous gênions pas du tout pour nous masturber tout notre content devant eux et pour commenter, entre nous, de la façon la plus éloquente (mais, je m'en souviens parfaitement, avec une objectivité louable et une équité dont je suis encore fière) les attraits de la jeune fille que nous contemplions. Pour la distraire, car nous nous apercevions bien que son travail était fastidieux, nous inventions, de surcroît, d'invraisemblables aventures érotiques, que nous lui attribuions généreusement et qui, à tous les coups, la médusaient. Espérons que les idées que nous lui donnions profitaient ultimement à notre oncle !

Pourtant, chose remarquable, ces aventures, comme toutes celles que nous rêvions, en silence ou à haute voix, étaient toujours exclusivement homosexuelles, et pour cause ! N'avions-nous pas décidé, une fois pour toutes, que les garçons ne pouvaient pas être partenaires de qui que ce fût, en amour : même pas de leurs congénères ? La sexualité, à nos yeux, était donc forcément « homo », ou plus exactement, était uniquement saphique. Il va sans dire que nous ignorions complètement une telle terminologie et que nos discours rejetaient toute classification, pour s'en tenir strictement, mais fort explicitement, aux faits !

Notre matérialisme résolu n'excluait pourtant en rien les sentiments et même l'altruisme le plus attendri et le plus tendre. Nous reconnaissions les garçons pour ce qu'ils étaient, c'est-à-dire des créatures asexuées, inérotiques et exclues pour toujours de toute vocation au plaisir, mais cela ne nous enchantait pas et ne nous donnait pas envie de rire ou de nous moquer : tout au contraire, ces garçons, nous avions pitié d'eux. Vraiment pitié, de tout notre cœur et, si nous avions su alors comment l'exprimer, ç'aurait été aussi (ce le fut plus tard) de tout notre corps.

Non seulement leur sort nous apparaissait misérable, en ce qu'ils étaient dépourvus de ce *pussy* qui nous donnait, à nous femmes, tant de beauté et tant de volupté, mais, comble d'infortune, le pauvre bout de chair qui remplaçait chez eux cette merveille les privait même du plaisir que nous trouvions, nous, à faire pipi !

Faire pipi n'avait pas, en effet, pour nous qu'une valeur érotique purement symbolique ou, disons, esthétique ; ni seulement une signification d'intimité à laquelle nous attachions cependant entre nous une grande importance (faire pipi avec une autre fille, c'était déjà l'aimer) : plus positivement encore, l'orifice de notre urètre, à un âge où notre clitoris tenait davantage de la promesse que de la réalité, était le centre par excellence de nos sensations hédoniques, donc de nos caresses, personnelles ou échangées, de nos titillations et de nos léchages.

Puisque nous jouissions grâce à ce petit trou, comment pouvions-nous accepter de penser qu'un garçon pût jouir, quand il avait, lui, une minitrompe à la place d'un trou ? Non seulement faire pipi ne lui procurait donc aucun des plaisirs ineffables que nous connaissions, mais nous étions persuadées, à priori plutôt que par l'effet d'observations objectives, que cela lui faisait mal.

Tout, au demeurant, dans la conformation et les agissements des garçons, était, selon nous, manifestation de privation et cause de douleur. Il ne servait à rien qu'ils s'évertuent à vouloir, par la parole et par le geste, nous prouver le contraire : ces tentatives désespérées ne faisaient que nous convaincre davantage de leur malheur. Ils s'efforçaient de cacher celui-ci parce qu'ils en avaient honte : et la honte était la pire laideur que nous connaissions — et celle qui nous était le plus foncièrement étrangère.

Notre illusion majeure était sans doute de croire qu'aucune femme n'a jamais honte. Notre parti pris le plus touchant, par contre, était d'éprouver une commisération sans limites lorsqu'un de nos camarades masculins s'échinait à secouer et à frotter son malencontreux brin de pénis pour le faire (avec un succès auquel nous étions curieusement insensibles) grossir et durcir. Quelle souffrance, pensions-nous, cela devait lui faire endurer ! Et pour aboutir à quoi ? Il fallait que ce pauvre garçon eût un sens vraiment perverti de l'orgueil pour s'infliger ainsi un mal volontaire, simplement pour essayer de nous faire croire à une satisfaction que, de science infuse, nous savions feinte, fausse. Son véritable but, nous le devinions bien, c'était de nous faire impression : nous avions le cœur assez doux pour ne pas ajouter à ses peines en lui révélant combien cette impression était mauvaise !

Plus tard, beaucoup plus tard, lorsque nous sommes devenues plus ferrées sur la sexualité des garçons et que nous nous sommes rachetées de nos indifférences enfantines en faisant beaucoup l'amour avec eux, ma sœur et moi avons ri de bon cœur en entendant professer de partout les thèses freudiennes qui attribuent obligatoirement à toute fillette une inexorable « envie de pénis » et lui infligent un « complexe de castration » qui durera autant que son subconscient. Certes, je ne mets pas en doute que beaucoup de femmes puissent passer par ce stade de développement psychique ; mais je me crois fondée à contester que ce processus soit universel. Ma sœur et moi sommes là pour offrir, à qui veut s'en prévaloir, la preuve qu'à toute règle, même à celles du génial Viennois, existent des exceptions.

C'est précisément l'exception dont j'ai bénéficié en cela qui me semble aujourd'hui valoir la peine de lui consacrer un instant de réflexion. En effet, je ne penserais pas que les souvenirs de ma petite enfance valent la peine d'être rapportés s'ils ne m'aidaient — et s'ils ne pouvaient aider, peut-être, d'autres que moi — à comprendre une autre singularité possible. Celle-ci a joué dans ma vie un rôle si déterminant que je suis presque tentée, aujourd'hui, de la regarder comme la seule de mes expériences qui compte vraiment — pour moi et pour tous.

Cette étrangeté, la voici : *je n'ai jamais eu peur des garçons*. Par voie de conséquence, comme nous l'enseigne l'étude des comportements animaux, je ne leur ai, non plus, jamais fait peur.

Cette absence d'intimidation réciproque pourrait, au premier abord, être jugée banale. Elle ne l'est pas. La peur régit, plus généralement qu'aucune autre pulsion, plus tyranniquement que la libido même, les relations des êtres vivants. Tout animal fait peur à tout autre ; tout homme à tout homme ; et, surtout, tout homme à toute femme, toute femme à tout homme.

Toute femme à tout homme, vraiment ? Mais oui ! Voilà une autre réalité qu'il faut, de part et d'autre, reconnaître : les hommes ont peur des femmes, beaucoup plus même que les femmes n'ont peur des hommes.

Sans doute parce que ces derniers sont plus vaniteux

que les premières, ou parce que celles-là sont plus retorses et plus pleurnichardes, l'idée contraire a pourtant été cultivée de tout temps et a fini par s'accréditer, de nos jours surtout, comme vérité axiomatique. Vérité qui, lorsqu'on l'observe mieux, apparaît nourrie d'apparences, voire d'impostures, en tout cas d'inacceptables contradictions : car l'on a plus peur de ce que l'on ne connaît pas que de ce que l'on connaît. Or, qui connaît mieux l'autre, de la femme qui a fait l'homme, chair et image, ou de l'homme qui, perpétuellement, se sent — se croit — « refait » par elle ?

Une peur niée peut faire plus de mal qu'une peur consciente. Le fait qu'hommes et femmes se terrorisent mutuellement sans vouloir l'admettre est à l'origine de beaucoup de leurs grands malheurs. Tant qu'ils n'accepteront pas, eux aussi bien qu'elles, de regarder ces peurs en face, de les analyser sans complaisance, de les juger sans simulacres et de les avouer sans simagrées ; tant qu'ils ne s'efforceront pas sérieusement d'en rechercher les causes et de leur trouver des antidotes moins farceurs et sinistres que la propagande de parti ou moins consternants et tragiques que la pratique de la vendetta à rebondissements, la guerre des sexes n'en finira pas.

Je n'ai jamais, moi, fait la guerre aux hommes, pas plus que je ne la fais aux femmes. Je me sens liée aux uns comme aux autres. Je trouve possible, facile, nécessaire, désirable d'être l'alliée des deux. J'y réussis probablement parce que je n'ai jamais eu peur ni d'eux ni d'elles, et parce que je les ai, toute petite, même si c'était de façon différente, autant aimés : elles, en désirant voir et toucher leur corps et en désirant que leurs yeux, leurs lèvres et leurs mains me touchent ; eux, en les sachant privés, démunis, désemparés, délaissés, solitaires, intimidés, incomplets, honteux, malheureux sous leurs airs bravaches, cachant leurs larmes sous leurs jets de sang et de sperme — et que j'ai cherché, de tous mes pouvoirs, à leur faire plaisir, pour que la vie soit moins cruelle à tout le monde, moi comprise.

Ma naïveté de petite fille fera rire, j'en suis sûre, bien des vieux. Tant d'années après, pourtant, je continue de penser qu'elle procédait, sous ses parures de fable, d'une intuition providentielle, à laquelle je dois une grande partie de mon bonheur et à laquelle beaucoup d'hommes et de femmes doivent d'avoir été heureux avec moi. A tout le moins, eux et moi lui sommes redevables, à cette intuition qui a sans doute été surtout une chance, d'avoir vécu et de vivre encore moins bêtement, moins inutilement, moins haineusement, moins douloureusement que nous y vouaient l'antiquité de la peur bestiale et la résignation des bien-pensants à la fatalité de la guerre.

Je dois dire, pourtant, que j'ai beaucoup entendu reparler de *pussy,* depuis l'âge où je le concevais comme un heureux privilège et une inégalité savoureuse ; et que j'en ai entendu parler d'une façon qui, elle, m'a fait peur.

Certaines féministes (aux Etats-Unis d'abord, puis un peu partout), par exemple, font grand tapage pour tenter de populariser le slogan : *« Pussy Power ».* S'il s'agissait simplement de rendre au sexe, à l'intérieur de chacune de nous, femmes, aussi bien que dans notre conduite à l'égard des hommes, le pouvoir que désir et plaisir auraient dû de tout temps exercer, j'applaudirais de grand cœur : cette cause est la mienne. Mais, en réalité, ce cri de guerre, secrètement ou non, signifie : « pouvoir aux femmes sur les hommes ! ». Alors, si c'est ça, je n'en suis pas !

Je ne souhaite pas dominer les hommes, pas plus que je n'aime qu'ils me dominent. Et je ne rêve pas de me mettre maintenant à leur faire peur, moi qui n'ai jamais eu peur d'eux. Je veux qu'ils me connaissent et me comprennent et j'espère que quelques-uns finiront, un beau jour, par m'aimer. Je veux que ceux que je désire me désirent, que ceux qui me font jouir jouissent, que ceux à qui j'apprends quelque chose m'instruisent, que ceux que je rends libres me libèrent, que ceux que j'aide à devenir hommes m'encouragent à devenir femme et que ceux que je voudrais voir et savoir heureux croient à la possibilité de leur bonheur et du mien.

Mais comment réussirai-je ce projet passionné, si ces hommes ont peur de moi ? Comment vivrons-nous en symbiose sur la même planète s'ils craignent ma puissance, croient à ma supériorité funeste et fatale, se plient à mon autorité future, acceptent par avance mes ordres arbitraires et quêtent cyniquement mes permissions ?

Tant qu'eux ou moi tremblerons, lorsque le hasard ou la nécessité nous dressent face à face, comment découvrirons-nous jamais s'il nous est possible de mieux voir les choses, en les regardant ensemble ?

Or, avons-nous, en fin de compte, autre chose à faire sur cette Terre, rien de mieux à faire que d'essayer de la connaître, de nous connaître, de tout connaître ?

Au « pouvoir du *pussy* » je préférerai donc toujours, pour ma part, une « connaissance du *pussy* » qui rende possibles la coopération et la complicité des sexes, au lieu d'attiser leur affrontement. Cette connaissance, toutefois, ne pourra jamais être autre chose qu'amoureuse. Autant dire, donc, que tout reste à faire pour que les hommes et les femmes y aient accès : les uns en sont aussi loin que les autres ; que personne ne prétende avoir une avance, dans ce monde d'anticipation !

Si jeune que je m'y sois prise, mon exploration de l'amour me laisse encore désespérément ignorante. Sans doute me faudrait-il avoir connu beaucoup, beaucoup plus de *pussies* que je n'ai été capable d'en aimer pour commencer à entrevoir l'infinité de leurs pouvoirs heureux. Et probablement n'ai-je pas rassuré autant de garçons que je l'aurais dû, ou ne les ai-je pas rassurés comme il faut.

Quoi qu'il en soit, une chose est sûre : le mythe a besoin de mystère. La connaissance est fossoyeuse allègre de mythes et de craintes. Et l'histoire de notre espèce, que cela nous plaise ou non, se ramène à celle des peurs secrètes dont nous a délivrés, une à une, le progrès du savoir.

Nous n'avons sans doute pas tout à fait tort de penser que nous n'avons rien de bon à attendre de ce qui se cache. Nous avons peut-être même raison d'en avoir peur. Sinon, si ce qui est caché n'a rien de nuisible, d'hostile ou d'effrayant, pourquoi continuer à le cacher ?

N'attendons donc pas, nous, femmes, que l'exemple vienne d'ailleurs : proclamons unilatéralement la fin du jeu de cache-cache ! Faisons un geste rassurant qui aura valeur de test : si nous n'avons, en toute vérité, ni peur ni honte de notre *pussy,* cessons, solennellement et publiquement, de le cacher.

Si les hommes ne peuvent en supporter la vue, alors, nous saurons, pour de bon cette fois, de quel côté est la franchise et duquel est l'hypocrisie. Nous saurons où sont les novateurs et où sont les lâches.

Mais, de notre côté, ne nous contentons plus, je vous en conjure, mes sœurs féministes, de brandir vindicativement la forme symbolique de notre sexe, en la dessinant de nos doigts joints en losange au-dessus de nos têtes. C'est ne faire là rien d'autre que créer un mythe de plus, tricher avec notre timidité, inventer un nouveau cache-sexe et nous engager dans un combat de trop.

Notre liberté et notre courage ont été assez longtemps feints. Si nous ne voulons pas que nos pouvoirs demeurent éternellement imaginaires, montrons enfin, pour nous-mêmes autant que pour les autres, notre corps dans sa réalité.

La peur des femmes

Petite fille, donc, je n'avais pas peur des garçons. Si bien qu'aujourd'hui encore les hommes n'ont pas peur de moi.

Mais je suis bien à peu près la seule à ne pas leur ficher la frousse ! Car, en réalité, tous les hommes ont peur de toutes les femmes.

Nous voilà loin, on le voit, des lieux communs où les féministes dressent de préférence leurs estrades. Plus que jamais, à ce moment de notre siècle, la mode et, donc, la bienséance veulent qu'on parle — par livre ou dans la presse — et qu'on montre — au cinéma, à la télévision — seulement les brutalités physiques et morales que les hommes infligent, ou sont censés infliger, aux femmes.

Depuis quelque temps, le dernier cri, pour les militantes nocturnes (qui ne dédaignent pas d'emprunter leurs techniques les plus conformistes aux politiciens de trottoir les plus phallocrates) consiste à saloper les murs de Paris, en y traçant à grands traits de goudron le slogan *« Ras le viol ! »,* ou de le vociférer dans les rues. Ce charabia n'est compréhensible qu'à ceux qui font l'effort de le traduire du déjà vieillissant cliché *« Ras le bol ! ».* Ce nouveau cri de guerre des femmes signifie donc qu'elles en ont marre d'être violées.

Soit ! Mais, au risque de me distinguer plus que la prudence ne le recommande en présence de ces débordements, puis-je poser à celles qui protestent ainsi une question sérieuse : ont-elles pris la peine de se demander honnêtement pourquoi certains hommes violent certaines femmes ? Est-ce parce qu'elles ont peur d'eux, ou est-ce parce qu'ils ont peur d'elles ?

On ne viole pas qui vous inspire confiance et tendresse, admiration et gratitude. On viole pour se venger.

Se venger, en ce cas, n'est pas exercer une justice individuelle, mais une rage générique : c'est faire payer à des innocentes les fautes qu'on impute à d'autres, ou la culpabilité qu'on s'attribue subconsciemment envers d'autres. Et de quoi se venge-t-on ? Les hommes qui violent se recrutent rarement parmi les phallocrates qui réduisent les femmes à une condition subalterne, les confinent à la cuisine et à la vaisselle, à la buanderie et à la garde des enfants, ou les paient moins, pour leur travail de bureau ou d'usine, que si elles étaient nées porteuses de pénis. Les violeurs sont, en règle générale, des craintifs et des humiliés qu'exaspère leur insuccès auprès de femmes qui leur sont incompréhensibles. Ils ne peuvent endurer les mythes contradictoires qu'ils se sont faits d'elles : provocatrices et allumeuses, nymphomanes, putains, intouchables, insensibles. Ils tentent de conjurer par une violence préventive la violence potentielle de ces amazones imaginaires, l'impossibilité de leur plaire, la panique qui les prend lorsqu'ils pensent à elles. Ils exorcisent par la négation d'autrui leurs obsessions solitaires et leur appréhension du rejet. Ils répondent par un terrorisme physiquement constatable à l'invisible terrorisme psychique que la force, qu'ils croient déraisonnable et irraisonnable de femmes qu'ils croient irrationnelles et logiquement inaccessibles exerce contre eux.

Voilà pourquoi il est vrai que beaucoup d'hommes sont devenus, à leur manière, des violeurs latents. Ceux d'entre eux qui ne malmènent pas sexuellement les femmes abusent d'elles et les abaissent, lorsque l'occasion s'en présente et chacun selon ses moyens, affectivement, intellectuellement, culturellement, professionnellement, socialement — parce qu'ils veulent les réduire à un état de faiblesse, par souci de sécurité : les mater pour ne pas être matés par elles. Cela prouve qu'ils les croient redoutables et que cette menace supposée les affole.

J'ai lu naguère le livre de Jomo Kenyatta intitulé *Facing Mount Kenya*. Avant d'être meneur révolutionnaire, puis chef de l'Etat kenyan, le futur *Mzee* était, en effet, ethnologue. Ayant donc étudié en expert sa tribu, les Kikuyu, il y a découvert une légende singulièrement instructive.

A l'origine des temps, disent les Kikuyu, les femmes régnaient en maîtresses absolues sur les hommes. Leur omnipotence était tyrannique et cruelle. Plus robustes, plus sagaces et mieux organisées qu'eux, elles forçaient leurs mâles à effectuer les travaux les plus durs et les plus salissants. Elles les privaient de nourriture, de plaisir et de liberté. Elles ne leur concédaient pas la moindre participation aux affaires politiques et aux choix privés. Elles régissaient arbitrairement et abusivement leur vie sexuelle, familiale et civique. Du berceau à la tombe, elles les traitaient en mineurs, en débiles assistés, en arriérés mentaux. Elles ne leur permettaient ni fantaisie personnelle ni innovation collective. Elles les obligeaient à se conduire *ad aeternum* selon l'image qu'elles s'étaient faite d'eux une fois pour toutes et ne concevaient pas que la « nature inférieure » de ces êtres congénitalement handicapés pût jamais les qualifier pour les tâches nobles et les fonctions créatrices de la société. Elles les voyaient naître différents d'elles et les jugeaient, de ce fait, « inégaux » et destinés par essence à une condition domestique.

Ce *pussy power* — l'un des plus radicaux et des plus rigoureux qu'ait connus notre espèce — rendait abominablement malheureuse la moitié masculine de l'humanité. Mais la moitié régnante se refusait à comprendre et à guérir cette souffrance. Elle pensait que le monde était fait comme ça et qu'il faut respecter l'ordre des choses.

Les pussycrates du Kenya préhistorique ne voulaient pas de mal à leurs hommes, tout au contraire : elles les aimaient bien. Elles ne doutaient pas que l'hégémonie féminine existât en vertu d'une loi naturelle (autrement dit divine, comme leur Grande Prêtresse, probablement, l'expliquait déjà) et opérât « pour le bien » de ces êtres intéressants, imparfaits et fragiles appelés hommes, au moins autant qu'à l'avantage de leurs tutrices. Les plaintes et les revendications des dominés ne changaient rien aux convictions des dominatrices, ni au système.

Les mâles kikuyu, après des millénaires d'avilissement et de résignation, finirent par en avoir *ras le viol*, du système. Leurs révoltes à visage découvert ayant été domptées sans peine, l'une après l'autre, par la toute-puissante classe femelle, les opprimés eurent, en désespoir de cause et comme il est d'usage chez les humbles, recours à la concertation secrète et à la ruse.

Au bout de nombre d'essais infructueux dont le souvenir n'a pas été conservé, ils réussirent à rendre enceintes, en même temps, toutes les femmes. Lorsque celles-ci furent sur le point d'accoucher et se trouvèrent ainsi, momentanément mais simultanément, en état d'infériorité relative, les conspirateurs s'emparèrent par surprise du pouvoir militaire, économique et politique — et ne le lâchèrent plus.

Bien sûr, ils revalurent aux vaincues — sans lambiner et au centuple — leurs excès passés*. Ainsi

* La clitoridectomie, cette pratique affreuse qui est toujours en honneur au Kenya (et ailleurs ! Voir, plus loin, *Un monde sans clitoris*), date vraisemblablement de cette aventure (ou, disons, plus exactement, de la naissance de ce mythe), bien que Jomo Kenyatta s'efforce gauchement de lui chercher des explications « hygiéniques » (et de la justifier comme « circon-

naquirent les rapports actuels de domination entre les sexes.

Sans doute cette histoire paraîtra-t-elle naïve à la plupart d'entre nous. Bien à tort ! Car, si son authenticité historique est plus que douteuse, sa valeur de document psychologique est pratiquement universelle ; ce ne sont pas seulement les croyances d'une peuplade dite sauvage qu'elle élucide, mais, tout aussi crûment, les comportements de toute civilisation moderne.

L'ordre sexuel dont nous sommes témoins est un ordre de *représailles*. Il n'est si impitoyable et si inique que parce qu'il traduit les réactions primitives de combattants sortis vainqueurs précaires d'une longue guerre et qui, comme tous les conquérants, vivent dans la crainte d'un retour du sort et d'une revanche du vaincu. Les hommes traitent mal les femmes non parce qu'ils les jugent impuissantes et les savent à leur merci, mais parce qu'ils se les figurent capables de retrouver une force ancestrale provisoirement perdue et parce qu'ils ont gardé un souvenir d'horreur du temps où ils étaient, eux, soumis à cette force.

Une telle vision contredit, certes, l'image que Freud nous a léguée de *la horde primitive*. Mais le fondateur de la psychanalyse ne disposait pas plus que les Kikuyu ni que moi d'évidences matérielles irréfutables de l'organisation sociale des origines. Lui aussi postulait ses

cision féminine »). Au vrai, en leur coupant, dès la puberté, le clitoris, les hommes n'empêchent pas seulement les femmes de jouir ; ils leur retirent rituellement un emblème phalloïde de pouvoir. Une femme devenue purement vaginale ne leur paraît plus susceptible de régner sur eux. Et le plus fort est qu'ils ont probablement raison ! Pour une femme, la prise de conscience de la liberté et de la puissance passe électivement par l'auto-érotisme clitoridien. Celles qui éprouvent la sensation de sûreté de soi et d'accomplissement qui accompagne l'orgasme qu'elles ont atteint en « sachant » utiliser seules et bien leur clitoris (c'est-à-dire sans avoir eu « besoin » de pénis et de pénétration) font tout autre chose que la découverte d'un « narcissisme » qui n'existe le plus souvent que dans l'imagination des analystes masculins : celle de l'autonomie physique et mentale du plaisir — et de la personne.

thèses à partir d'observations psychologiques résiduelles. Pas mieux ni moins bien que qui que ce soit, il ne pouvait tout voir du présent ni connaître un passé problématique. Surtout, ayant choisi de fixer son regard sur les individus avec plus d'insistance que sur la collectivité, il a parfois négligé à l'excès de tenir compte du rôle de celle-ci dans la genèse de nos caractères, de nos idées et de nos actions. De fait, l'on sait aujourd'hui, plus certainement qu'il ne le savait, que ce qui confère force mentale et sociale aux uns et confine les autres dans un état durable de faiblesse, ce sont moins leurs aptitudes innées et leur sexe que le monde dans lequel ils naissent — c'est-à-dire les structures religieuses, politiques, économiques, technologiques, linguistiques qui conditionnent les possibilités de développement de leur esprit ; c'est-à-dire aussi les catégories morales et les limites civiles héritées qui les contraignent à déguiser (et à se déguiser) leurs désirs.

Une société où tous les moyens sont mis à la disposition des hommes dès leur enfance assure la suprématie des hommes, comme un régime capitaliste n'offre de chances qu'aux enfants de riches. Un autre modèle de civilisation, où les femmes jouiraient d'une priorité d'accès à ces mêmes moyens, aboutirait *a contrario* à la soumission des hommes aux femmes.

Or, le paradoxe fascinant du système actuel est, nous le voyons, celui-ci : le *subconscient* des hommes fonctionne *partout* comme si ceux-ci gardaient le souvenir enfoui d'une insupportable domination que les femmes auraient exercée sur eux ; *contre* eux !

Où ? Quand ? Ils ne peuvent le dire (tous n'ont pas la mémoire des Kikuyu !*). Mais cette tradition obscuré-

---

* Je m'attends bien à ce que même les plus tolérantes de mes lectrices finissent par montrer quelque exaspération à m'entendre revenir avec autant d'apparente complaisance sur cette « légende ». Est-ce que je ne comprends donc pas, me diront-elles, que les égoïstes et cyniques mâles africains (non différents, d'ailleurs, en cela, si ce n'est par l'impudence de l'imagination et par

ment gravée dans leurs gènes les inquiète encore au point de les rendre aveugles aux données du présent : et ils continuent de traiter en anciens tyrans renversés celles qui pourtant n'ont plus, depuis longtemps, le pouvoir de les asservir.

Mais est-il si certain, en vérité, qu'elles n'aient plus ce pouvoir ? N'est-ce pas céder à un aveuglement égal à celui des phallocrates que de fermer les yeux sur l'influence que ces victimes supposées ont sur leurs maîtres ? Les femmes ne vivent-elles vraiment que pour servir les hommes et se faire les auxiliaires forcées de leurs ambitions et de leurs plaisirs ?

L'abus qui a été fait — et est fait, plus que jamais, aujourd'hui — d'une évaluation univoque des rapports de force conjugaux et familiaux continue probablement à perpétuer la mésentente et le combat des sexes. Aucune paix ni aucune collaboration future d'anciens adversaires n'est possible si les uns et les autres ne font pas d'abord un effort de sincérité et de loyauté.

Et la première franchise consiste à reconnaître que les femmes, dans l'analyse qu'elles offrent communément

---

l'audace impunie de l'affabulation, de leurs congénères européens) l'ont inventée tout exprès pour justifier rétroactivement les indignités (dont la clitoridectomie n'est qu'un exemple) auxquelles ils soumettent encore maintenant leurs femmes et leurs filles ? En feignant de vouloir se prémunir contre la répétition d'un despotisme féminin qui n'a très probablement jamais existé dans la réalité historique, du moins sous les traits caricaturaux qu'ils lui prêtent, leur sadisme naturel (et vérifiable, lui, tout au long des temps connus) se donne le beau rôle à bon compte.

Fort bien, mais me dira-t-on aussi pourquoi ils éprouvent ce besoin déconcertant de s'attribuer un passé humilié ? N'est-ce pas l'effet d'un complexe d'infériorité plus profondément enraciné que leur orgueil de mâles régnants et qui remonte forcément à une expérience traumatisante de leur préhistoire collective — ou individuelle ? Quelle peut donc être cette expérience ? Il n'est guère difficile de donner son vrai nom à cette peur essentielle, qui n'a rien de particulier aux Kikuyu, hélas ! Tous les hommes en sont marqués pour toute leur vie : nous la retrouverons quelques paragraphes plus loin.

Dois-je ajouter que cette explication n'est pas une justification ? Ni de la brutalité des hommes, ni de la sottise des femmes qui se laissent parfois couper le clitoris « par amour » : par ce qu'elles *croient* être de l'amour (cf. l'histoire de Maureen, dans la 2e partie de ce livre).

des causalités de leur condition, montrent assez facilement la plus parfaite mauvaise foi.

Leur subordination est quelquefois réelle, mais c'est souvent aussi elles-mêmes qui l'ont voulue. Elles ont demandé à l'homme qu'il prenne soin d'elles, se soucie d'elles, veuille et fasse leur bien. Si elles ont perdu une partie de leur liberté, c'est parce que la liberté leur a paru moins désirable que le confort et la sécurité.

Une femme se marie-t-elle, d'ordinaire, pour être libre — ou pour être assurée d'un avenir conforme aux valeurs et aux normes de son milieu ? Peut-elle s'attendre à être traitée d'égale à égal par un mari, quand elle souhaite d'abord d'être entretenue par lui, d'être protégée par lui, d'être possédée par lui ?

Mais il y a plus grave. Sciemment ou non, trop de femmes se marient pour prendre auprès de l'homme le relais d'une mère qui a incarné pour lui le premier pouvoir, lui a inspiré sa première crainte de l'autorité, lui a laissé une aversion de sa dépendance d'autant plus ineffaçable qu'elle est refoulée honteusement dans le brouillard de sa conscience.

Cette épouse doit-elle s'étonner, dès lors, si l'homme montre envers elle les réactions de gêne paralysante. d'effroi caché, de handicap humiliant, de rancune déniée, de besoin secret de revanche que la domination maternelle crée, sans le savoir (et sans que ses sujets, généralement, le sachent eux-mêmes), dans l'âme de tous les fils ?

La force féminine ancestrale que j'évoquais plus haut et dont les hommes gardent une terreur et une rancœur rétrospectives incroyables n'a probablement jamais régné sur les Etats. Elle règne toujours, par contre, à l'intérieur de chaque maison, de chaque cerveau et de chaque cœur. Nous avons peur de ce qui nous crée. Nous avons tenté d'inventer des dieux (ou de grandes déesses) pour que cette puissance soit plus éloignée de nous, soit d'une autre chair que celle de la mèrecréatrice. Mais nous ne croyons plus guère aux dieux géniteurs et le ventre de notre mère reste horriblement proche. A la fois paradis perdu et caverne terrifiante d'où l'on a fui, il se confond de plus en plus, à mesure que notre connaissance de la réalité progresse, avec ces questions qui nous hantent et auxquelles nulle science ne répond : le mystère ontologique de deux sexes différents, leur inévitable co-existence, leur impossible égalité.

Impossible, oui, car la créature ne peut être l'égale de son créateur. Tant que les hommes se croiront créatures de la femme, ils auront peur d'elle et rêveront de ne plus croire en elle, comme ils ont (presque) réussi à ne plus croire en Dieu.

Si les femmes veulent vraiment qu'il soit un jour agréable pour elles de partager avec les hommes la même Terre, il leur faut d'abord travailler à purger ceux-là des dernières séquelles de leur foi. Elles doivent leur apprendre qu'une mère n'est pas une démiurge et qu'une femme n'est pas une déesse. Leur faire comprendre que les unes et les autres n'ont pas besoin d'être craintes, respectées, honorées, apaisées et servies — ni asservies —, mais qu'elles veulent être connues, comprises et aimées.

Si elle ne parvient pas à substituer progressivement des désirs humains aux rapports mythologiques qui font, depuis la nuit des temps, leur malheur commun, la femme restera éternellement inintelligible à l'homme, comme l'ont toujours été pour lui ses divinités. L'homme continuera de haïr la femme autant qu'il hait secrètement Dieu.

Et, surtout, il saura longtemps la dominer. Car l'homme ne survit sur cette inhospitalière planète qu'en assurant glacialement le pouvoir de son intelligence sur ce qui lui fait peur.

L'anti-Eve, l'Eve future et l'amour des étoiles

Promptes à s'émouvoir et exercées à s'indigner, mes lectrices féministes s'inquiètent sans doute déjà de savoir si Emmanuelle Arsan a reçu on ne sait trop quel pot-de-vin pour lancer une campagne de dénigrement des femmes qui rassure les hommes et les confirme dans leur supériorité et dans leurs dédains.

Mais elles, qu'est-ce qui les fait militer ?

Si c'est l'égalité des sexes qu'elles veulent instaurer, elles devraient se faire biologistes, non agitatrices ni législatrices : peut-être seraient-elles alors capables de faire sortir de leurs éprouvettes de nouvelles espèces de corps humains, que ne différencieraient plus pénis et vagins, seins et moustaches, chromosomes et hormones. Tant que ces causes d'inégalité-là subsisteront, c'est parler pour ne rien dire que de faire comme si les mœurs et la loi pouvaient les ignorer.

Si, toutefois, la vraie destination du féminisme est une société dans laquelle un sexe sera libéré du pouvoir de l'autre, alors, moi aussi, je suis quelqu'un de ce parti ! Mais je le suis à une condition : c'est que cette libération soit réciproque. Car il faut avoir la loyauté de reconnaître que les rapports de domination existant entre hommes et femmes ne s'exercent pas à sens unique.

Les femmes n'aideront pas à rendre la vie plus heureuse et plus juste tant qu'elles se donneront bonne conscience en se prétendant cent pour cent innocentes des maux dont elles souffrent du fait des hommes. Ces maux, dans une grande mesure, elles en sont personnellement responsables. Elles ne réussiront donc à changer les hommes que si elles-mêmes se décident tout d'abord à changer nombre de leurs idées d'épouses et de leurs comportements de mères.

Elles le peuvent. Le changement est plus facile pour les femmes que pour les hommes, parce qu'un héritage *culturel* offre plus de prise à la transformation qu'un héritage *naturel*. Or, la peur que les femmes ont des hommes est un produit essentiellement culturel, une tradition qu'on leur a apprise — tandis que la peur que les hommes ont des femmes est naturelle, innée.

Il n'est pas naturel qu'une femme ait peur d'un être qui vient d'elle, qu'elle a formé pendant neuf mois dans son corps, qu'elle a allaité, soigné, langé, à qui elle a appris à manger, à parler, à rire, à marcher : un être qui est son œuvre. La peur que, lorsque cet être a grandi, elle déclare avoir de lui, au fond de son cœur elle ne peut y croire sincèrement. C'est une peur en grande partie feinte, affectée ; une attitude intéressée ; un calcul : c'est une peur qui rapporte.

Il est souvent habile de se faire passer pour faible, ou pour plus faible qu'on est : cela peut aider à gagner. Les femmes jouent la détresse parce que leur ambition ultime est de gagner. Les vraies règles des rapports de sexe sont celles du jeu, des affaires, de la guerre.

Ces règles opèrent en maints domaines, aujourd'hui comme hier, à l'avantage des femmes au moins autant qu'à celui des hommes. C'est ainsi, notamment, que leur réputation établie de faiblesse offre aux premières la possibilité de dissimulations faciles, efficaces, et de dérobades tactiques dont elles tirent parti, avec une présence d'esprit, un art, un sang-froid et un sans-gêne admirables, pour obtenir des hommes les services qu'elles attendent d'eux : services familiaux, socio-économiques, sexuels.

La convention, toutefois, ne peut jouer à plein que si les femmes veillent à ne reconnaître leurs privilèges sous aucun prétexte et s'appliquent, au contraire, à se plaindre sans répit de leur impuissance et de leur douleur et à se présenter en toutes circonstances comme perdantes-nées, même lorsque leur avance en gains crêve les yeux.

Non seulement cette posture systématique de désespoir assure que leurs prérogatives acquises ne seront pas remises en question, mais elle accroît continuellement leurs chances d'en obtenir d'autres, car la mauvaise conscience chronique dans laquelle elles entretiennent ainsi leurs partenaires-adversaires mine les défenses de ceux-ci...

Voilà bien, n'est-ce pas, le réquisitoire félon que l'on peut attendre d'une pornographe éhontée, dont le métier consiste à fournir à ses employeurs phallocrates leur ration régulière de femmes-objets ?

Pauvres hommes décriés ! Je les connais mieux que celles qui les combattent, moi qui fais l'amour avec eux pour les mêmes raisons qu'ils le font avec moi : par plaisir, par amitié, par tendresse, par imagination, par espoir. Je sais qu'ils cherchent moins à avoir des objets dans leur lit que des copines dans leurs jeux, des interlocutrices intéressantes dans leurs conversations, des complices dans leurs affaires, des alliées dans leurs luttes et des fidèles dans leurs revers.

Et les trouvent-ils, eux, ces compagnes rêvées, dans ces objets non identifiés qu'elles ont toujours été pour eux ; dans ces visages indéchiffrables qui les médusent et les effrayent ; dans ces corps élusifs faits d'ils ne savent pas trop bien quelle anti-matière, venus d'ils ne s'expliquent pas quel espace inversé ? Peuvent-il se fier à ces doubles en creux qui simultanément les singent et les nient, les tentent et leur font grief de leurs désirs, les blessent et sont les premières à saigner, les font souffrir et sont les seules à pleurer ?

Quels sentiments voulez-vous, à la fin, que ces étrangères contradictoires leur inspirent, si ce n'est une incompréhension qui s'achève en effroi véritable, une rogne qui appelle les coups, et un souci de se protéger de leur brillance, de leur malice et de leur force que justifie la plus élémentaire objectivité ?

Et pourtant, autant au moins qu'ils les craignent et qu'ils leur en veulent, les hommes continuent d'admirer les femmes et de vouloir les aimer. Est-ce parce qu'ils sont particulièrement stupides ? Ou n'est-ce pas plutôt parce qu'ils ont besoin, un besoin *naturel* plus que culturel, de se mesurer à quelque chose qui diffère d'eux ? Parce qu'ils ne peuvent s'empêcher de rêver à d'autres mondes ? D'espérer en d'infinies merveilles ?

Je viens d'évoquer des espaces inversés, une anti-matière, et j'ai employé le mot de brillance : ce n'est pas par hasard. Matériellement absurde, bien sûr, mais psychologiquement inévitable, l'hypothèse de l'origine extra-terrestre et du caractère non humain des femmes nourrit depuis toujours la mythologie masculine.

Qu'elle se soit voulue, autrefois, arcane magique, puis simple figure poétique, ou qu'elle se fasse aujourd'hui, plus sceptiquement, thème de science-fiction, cette tradition a, tour à tour, découvert dans la femme un archange ou une démone, une fée mutante ou une renarde muée, une sorcière en visite ou une voyante visitée, une naufragée de terres englouties ou une migrante de planètes consumées. Je ne dis pas que tous les hommes montrent une égale crédulité devant ces fables, mais il leur suffit parfois d'imaginer pour croire se souvenir : tant de mortes, plus fantastiques qu'aucune problématique femme vivante, ont laissé leur trace dans le passé légendaire de notre race que nos mémoires en sont restées compréhensiblement troublées !

Lilith — la première de ces fantômes immortels, symétrique inverse et double mythique d'Eve — est-elle venue du ciel physique ou de l'enfer imaginaire ?

Fut-elle amante réelle ou le souhait rebelle de sens primitifs fabuleux ? Nul Adam ne l'a probablement jamais su et aucun de ses descendants ne l'a clairement expliqué.

Et pourtant, admirée et crainte, désirée et fuie, aimée et haïe dès le temps de la Création, cet être au genre imprécis a marqué l'homme et fixé l'avenir du rapport des sexes plus durablement que n'a été capable de le faire l'Eve gourmande et nigaude, arriviste et peu franche qu'un Jéhovah en piètre veine sémantique a appelée « femme parce qu'elle a été prise de l'homme » (*Genèse,* II, 23).

Prise à son corps, précise l'Ecriture... Mais Lilith, elle ? N'est-il pas tentant de penser qu'Adam l'a tirée lui-même de son esprit ? Ainsi s'expliquerait que cette Anti-Eve, plus ambiguë encore et perverse, plus risquée et manquée que l'avait été l'Eve de Dieu, n'en ait pas moins gardé, au regard de l'homme, l'incomparable mérite d'être *libre* — parce que voulue telle pour racheter la soumission finale de l'Eve première au conservatisme, à l'obscurantisme et à l'invariance sans perspective et sans espoir d'un pouvoir étranger.

Imparfaite, Lilith ? Oh, combien !... Mais, donc, indéfiniment perfectible et, en cela, potentiellement l'œuvre la plus humaine qui ait jamais été rêvée. Car le caractère propre à l'œuvre de l'homme est de lui paraître infiniment capable de perfection, au rebours de tout ce qui lui est imposé par la Nature ou par son Auteur transcendant, pour lequel tout est, par essence, immuable, irrémédiable, définitif.

L'homme, qui aurait aussi bien pu rester un animal parmi d'autres, est devenu inventeur et artiste créateur à force de refaire ce qu'il fait, de remanier inlassablement son ouvrage, d'en changer la destination et la forme à mesure qu'il s'interroge de nouveau sur le sens de ses désirs et de son action, jamais content des autres ni de lui-même, repoussant implausiblement les limites de son univers, révisant hasardeusement son destin et continuant de croire, contre toute sagesse et contre toute raison, qu'il parviendra un jour à donner réalité à ses rêves.

Cet obsessionnel désir de perfection est sûrement responsable des idées folles et de l'image émouvante que les hommes se font des femmes et qui, par voie de conséquence, les rendent intolérants envers leur réalité.

L'homme ne peut supporter l'étrangeté de la femme qu'en supposant qu'elle recouvre nécessairement une perfection qui le dépasse (lui qui se sent terre à terre, usé, relatif). Certes, ce postulat l'irrite, mais en même temps l'excite, le stimule. Imaginant avec génie ce que la femme *pourrait* être, donc *devrait* être, et comparant à ces potentialités les femmes qu'il connaît, il conclut que celles-ci ne le déçoivent que parce qu'elles sont des ébauches accidentellement ratées, qui ne doivent pas l'incliner à mal augurer du chef-d'œuvre final.

Ce chef-d'œuvre n'existera-t-il que dans un avenir hypothétique, ou bien l'homme peut-il espérer le trouver tout de suite, réalisé en d'autres femmes que celles que la malchance, jusqu'à présent, lui a fait rencontrer ? « Les autres » — qui ne le sait ? — ont été de tout temps les seules femmes qui aient incarné pour tout homme l'idéal de perfection dont sa propre femme le prive. En vain une autre de ces autres le décevra-t-elle à son tour : optimiste incorrigible, il s'entêtera jusqu'à son dernier souffle à réinventer mythiquement la femme et à transférer à ce mythe l'admiration et l'amour dont il est capable et dont les femmes réelles se montrent indignes.

Nulle, sans doute, n'a compris mieux qu'Hadaly — l'*Eve future* conçue par Philippe Villiers de l'Isle-Adam — la promesse que l'homme attend de la femme et qui ne pourra jamais être tenue.

Parce que cette Eve-ci avait été construite de main d'homme, elle a d'abord connu l'estime et l'attachement passionné que le créateur éprouve, un moment, pour sa création. Mais, dès le temps où elle était la plus belle, la plus parfaite, la plus complètement intelligible et la mieux aimée des femmes, elle pressentait que celui qui l'avait achevée regarderait bientôt ailleurs, vers un but plus lointain, qu'il se savait assez intelligent et assez hardi pour atteindre, un jour, comme il avait atteint ceux qu'il s'était précédemment donnés.

Je n'ai jamais pensé sans déchirement à cette sœur de chair artificielle qui sortait pour lever les yeux vers le ciel et « peser dans la nuit des rayons d'étoiles mortes ». Elle devinait là, avec un chagrin courageux, que, malgré l'espace et le temps, ces étoiles toujours vues par l'homme au-delà du néant des années-lumière seraient éternellement ses rivales heureuses.

A mesure qu'il s'approche davantage d'elles et connaît mieux leur réalité, l'homme, qui avait d'abord admiré et craint ces énigmes d'un autre monde, rêve d'elles avec moins d'irréalisme, moins d'appréhension et de malaise, et leur voue un plus raisonnable désir.

Si les femmes souhaitent que les hommes les traitent enfin ne serait-ce qu'avec une fraction modeste de l'amour qu'ils mettent dans leurs désirs d'étoiles, elles devront, elles aussi, se dépouiller graduellement de leur mystère, démentir leur réputation d'inaccessibilité et cesser de calciner ceux qui les touchent.

Lorsqu'elles laisseront les hommes les regarder tout leur soûl et tendre sans crainte les mains vers elles, lorsqu'elles renonceront à crier « Au viol ! », dès qu'un homme cherche à les explorer et à les connaître, elles ne seront pas plus humiliées que les étoiles et elles deviendront peut-être aussi intéressantes.

La seule chose qui devrait agacer une étoile, si elle a le moindre grain de bon sens, c'est que des ignorants et des peureux continuent de la croire distante, alors qu'elle est, en réalité, tout près.

La laitière et les buveurs de lait

Les hommes dépendent des femmes. Ils dépendent d'elles pour que soient satisfaits leurs corps, conservées leurs sociétés et honorés leurs mythes — c'est-à-dire pour tout ce qui leur importe vraiment.

Toutefois, ils sont si empêtrés dans leurs habitudes mentales et dans leurs mœurs qu'ils se servent — mal — de certains de leurs besoins pour s'en cacher d'autres. Leurs mythologies ont principalement cette fonction-là.

La virginité et la maternité ont été les premiers mythes auxquels les hommes ont eu recours pour tenter d'oublier que la femme leur est, à d'autres titres, nécessaire. Nécessaire à quoi, donc ? A répondre à des désirs plus évolutifs que ceux de la possession exclusive et de la reproduction ostentatoire ou consolatrice, pour ne mentionner que les plus répandus et les plus primitifs des faux accords qui rendent l'amour impossible.

Si paradoxal que cela puisse paraître au premier abord, le mythe moderne de la mère, en effet, a été formé pour démentir et dénaturer l'image originelle de la femme. Une mère est aujourd'hui, aux yeux de l'homme moralisant, une anti-femme, une femme qui n'a pas de sexe, une non-femme non érotisable, qui dénie le défi de la femme réelle, cette étrangère désirée, renoncée.

Quiconque connaît les homosexuels sait à quel point, quoi qu'eux-mêmes se fassent accroire, un grand nombre d'entre eux dépendent pourtant encore de la femme réelle, bien plus que de la mère mythifiée. Même lorsqu'ils se tiennent à distance des femmes-sexe, celles-ci leur servent obsessionnellement de points de repère et de valeurs de référence. Beaucoup ne les rejettent qu'à leur corps défendant et l'esprit médusé. Et la plupart de ceux qui mettent le plus de ténacité (ou de désespoir) à tenter de trouver mieux conçoivent implicitement ou explicitement l'hétérosexualité comme « normale » et leur propre recherche comme une déviance ou une révolte.

Leur expérience, en fin de compte, n'est pas essentiellement différente de celle par laquelle passent plus ou moins tous les hommes : avant de leur paraître un repoussoir, la femme est pour eux un idéal, c'est-à-dire un désir irréaliste, une merveille irréelle.

Cette admiration les guide (ou les égare) souvent sans qu'ils s'en rendent compte. Ils se persuadent à force de souffrances qu'ils n'éprouvent plus d'intérêt que pour leurs congénères, héros ou copains. Ils se les représentent moins difficiles à rejoindre, intellectuellement, affectivement, physiquement même, que ne le sont les femmes. Mais, eux qui ont décidé de se passer pour de bon des femmes parce qu'elles ont déçu le rêve de perfection qu'ils avaient fait d'elles, leur conscience reste désolée et leurs désirs incontentables. La pensée de l'amour qu'ils auraient pu avoir pour une vraie amante garde en eux un arrière-goût amer de culte renié.

S'il était vrai, comme le supposent les féministes, que les hommes méprisent les femmes, ils ne se donneraient pas tant de mal à vouloir les oublier, les remplacer (ce que, à un moment de leur vie, ou par une forme ou une autre de leur action, ils finissent tous par faire, mais *partiellement* seulement, qu'ils soient homosexuels ou non) : ils ne feraient pas attention à elles. Or, même les homosexuels, réussissent rarement à se désintéresser *complètement* de l'autre sexe.

Pour connaître la nostalgie avec laquelle même les hommes qui leur semblent à priori les plus irrécupérables sont capables de rêver d'elles, les femmes devraient lire les phrases admirables qu'un homosexuel fier de l'être — philosophe connu et respecté dans le monde entier — leur adresse, de but en blanc, au beau milieu d'un essai qui n'était pas censé traiter d'elles, puisque tout entier consacré à l'illustration et à la défense de la pédérastie :

« Je voudrais m'allonger près d'elles, comme quelqu'un qui est sur le point de s'évanouir, comme une femme future (...). J'aimerais avancer stupidement à la rencontre des corps dont l'angoisse m'a toujours tenu éloigné (...). Dans un mois, dans un an, quelle importance ? A moi ou à un autre, je sais que cela arrivera. Je sais qu'une bouche ou une main font bander un pénis ou un clitoris. Faut-il nécessairement qu'elles appartiennent au même sexe que celui qu'on porte, sous prétexte que toutes les polices nous contraignent à ce qu'elles soient de l'autre sexe ? (...) Il y a deux sexes sur terre, mais un seul désir sexuel.* »

Celles à qui ce langage paraîtrait trop académique feraient bien, en tout cas, de se demander pourquoi tant d'homosexuels recourent aux services des prostituées. Je dis bien prostituées, au féminin, alors que les garçons qui se vendent ne manquent quand même pas à ce point ! Il faut croire que même ceux que leur propre sexe attire** continuent de ressentir un « besoin de la

* « Les culs énergumènes », dans *Trois milliards de pervers* (*Recherches*, numéro spécial de mars 1973, pages 255 et 256). Texte non signé, mais écrit par Michel Foucault.

** Et attire *sincèrement* ; ce n'est pas l'authenticité ni la spécificité du désir homosexuel que je viens ici mettre en doute, qu'on veuille bien me l'accorder, à moi, femme qui aime aussi les femmes ! Je ne prétends pas décrire « la » psychologie des homosexuels : je n'attire l'attention que sur un de ses aspects, qui est lié au sujet dont je traite, à savoir le mythe que l'homme, par peur, s'est forgé de la femme (lequel mythe est d'ailleurs radicalement différent de ceux que les femmes, lesbiennes ou bisexuelles, entretiennent de cette même femme).

femme » dont, sans doute, ils maudissent confusément l'importunité physique, mais dont la contrainte mythique est plus forte qu'eux.

La femme est le mythe sexuel de l'homme. De tous les hommes. Ce mythe les soumet à elle plus tyranniquement que la nécessité où ils sont de recourir à son utérus pour avoir des enfants et à son efficacité ménagère pour tenir leur maison.

L'homme, au contraire, jusqu'à présent du moins, *n'est pas pour la femme un mythe sexuel : le mythe sexuel de la femme a toujours été la femme elle-même.*

Le but sexuel de la femme, dans la tradition, c'est d'être femme pour un homme, ce n'est pas de demander à un homme d'assouvir ses désirs à elle, ses fantasmes à elle, son besoin d'orgasme. Dans cette tradition, faire l'amour, *fare all'amore*, pour la femme, c'est se faire aimer. C'est donc tout le contraire d'un renoncement, d'une résignation et d'une soumission : car être aimée, cela veut dire avoir pouvoir sur celui qui aime, se trouver en situation de le dominer.

Le jour où ces relations changeraient et où les mythes sexuels deviendraient réciproques, interchangeables, les femmes désirant ouvertement les hommes de la même façon que les hommes les désirent ; le jour où elles le diraient et le *leur* diraient, les recherchant érotiquement comme eux les recherchent, dans la même intention et avec la même franchise — alors, une véritable libération des femmes *et des hommes*, et une certaine forme d'égalité des sexes deviendraient peut-être possibles. Et surtout les femmes recouvreraient la dignité que leur antique domination occulte, honteuse, de l'homme par le sexe leur a fait perdre.

Domination honteuse, vraiment ? Pour en juger, revenons-en, une fois de plus, aux prostituées, qui sont, à leur manière, les femmes les plus habiles qui soient à se faire aimer.

N'est-ce pas un miracle (mais il n'y a pas de

miracles !) que *ces* femmes aient réussi à imposer quasi universellement leur *nécessité*, alors que, par comparaison, les prostitués mâles font moins d'affaires (la preuve en est qu'ils s'évertuent à faire parler d'eux. Les capitalistes prospères se gardent bien de tomber dans cet exhibitionnisme).

Les réponses classiques à cette question postulent toutes une sujétion des femmes par le pouvoir phallocrate. Il est difficile de concevoir explication plus follement superficielle ! La moindre réflexion suffit à faire comprendre que les rapports de domination opèrent, en réalité, dans le sens opposé. Celui qui ne peut se passer de quelqu'un est dominé, psychiquement et matériellement, par celui qui satisfait pour lui ce besoin. Les hommes qui ont besoin de prostituées dépendent des prostituées. Les prostituées ne dépendent pas d'eux.

N'en déplaise à maints doctrinaires de stricte observance, l'oppression économique, en effet, n'est pas la seule forme d'injustice qui règne sur la terre. « L'homme n'a pas seulement besoin de pain » ! L'accoutumance et la dépendance qui naissent de la tyrannie des mythes moraux ne sont pas moins aliénantes et avilissantes que la pauvreté. Et l'un de leurs pires aspects est qu'elles sont généralement subies sans perspective de changement ni désir actif de révolte. Ce sont des rapports de domination *intégrés*.

Mais, même si l'on veut s'en tenir, pour simplifier le raisonnement, aux pures et simples lois de l'économie de marché, force est de convenir que celles-ci jouent rarement au détriment des fournisseurs et à l'avantage des demandeurs. Une laitière, certes, dépend des sous de ses clients ; mais ces clients croient avoir besoin de lait plus encore qu'elle-même n'a besoin de sous. Elle pourrait, à la rigueur, faire un autre métier. Eux ne pensent pas qu'ils pourraient se passer de lait...

D'ailleurs, les laitières montrent qu'elles savent où est

le vrai pouvoir (sans se soucier exagérément, là encore, de justice), en faisant, lorsqu'elles le jugent utile à leurs intérêts, la grève du lait. A-t-on jamais entendu parler d'une grève des buveurs de lait* ?

C'est vrai, ces derniers peuvent aussi se mettre en colère et démolir les laiteries, comme les hommes répondent périodiquement aux exigences féminines par des violences désordonnées. Mais, même lorsqu'ils s'organisent mieux et bouclent leurs adversaires derrière les grilles d'un harem (ou d'une cuisine), ils avouent leur peur et agissent, en un sens, par admiration. Et comment ne pas voir que ces passions déraisonnables les desservent, en fin de compte, encore plus qu'elles ne mettent leurs prisonnières à la raison ?... Comme toute houri ou tout cordon bleu qui n'est pas une idiote le sait bien !

Mais je ne me fais pas d'illusions ! La critique que je propose des rapports de domination sexuels va trop à l'encontre des modes actuelles pour que je ne m'entende pas, tôt ou tard, traiter de réactionnaire ou de *Tante Tom***.

Ce ne sont pas, néanmoins, les élucubrations que je lis sous la plume de telle ou telle des championnes du *Pussy Power* qui sont près de me convaincre que la guerre à outrance contre les mâles est la seule activité à la mesure du talent féminin. Je n'en veux pour preuve que l'affliction que j'ai ressentie en étudiant un article de la plus fanatique des féministes italiennes, Dacia Maraini***.

Cette militante qui se dit marxiste semble en réalité

---

* Même le boycottage du café ne donne pas de grands résultats, là où le café est devenu un besoin irrépressible.

** Par analogie avec le héros (naïf et démodé !) de *La Case de l'Oncle Tom,* dont les Noirs américains de notre époque ont fait un symbole de la complicité objective avec le pouvoir des Blancs.

*** *« L'ultima arma del patriarcato è la violenza »*, dans *Paese Sera* du 14 septembre 1976, page 4.

souffrir d'une impuissance inexplicable à voir plus loin que les plus banales superstructures du rituel des sexes. Elle se chagrine de constater que les hommes se livrent occasionnellement* à des violences sur la personne des femmes. Qui le conteste et qui ne sait pourquoi ? Est-ce une raison pour se refuser boudeusement à faire le partage des responsabilités ? Une interprétation grossièrement alarmiste et écorchée de ces excès ne fait qu'ajouter une sottise à une autre, une aberration à d'autres.

Il est, ainsi, abusif et ridicule de poser pour règle que *toutes* les femmes sont, d'une façon ou d'une autre (je cite Mme Maraini) « violentées, battues, tuées, brutalisées par les hommes, et non *vice versa* ».

Il est également inexact de prétendre qu'en toutes occasions « les femmes participent à la violence, oui, mais en qualité de victimes. Ce qui les place dans des conditions bien différentes de celles des brutes ».

A prémisses truquées, conclusions minables, Il y a quelque chose de franchement gênant à entendre un écrivain qui jouit du renom et des relations de Dacia Maraini conseiller aux femmes, pour tout remède à leur « condition ambiguë », une action qui n'a même pas pour elle le mérite de l'originalité (Lysistrata — la première des « laitières » à faire grève — avait mis plus d'humour à promouvoir cette méthode ; et pour une cause plus généreuse : celle de la paix). Voyez plutôt :

« Les femmes devront commencer à organiser des méthodes et des règles de résistance et de défense de leur corps. Jusqu'à présent, elles n'ont pas eu d'autre choix que de le concéder en propriété publique ou privée.

* Un viol toutes les trois minutes (aux Etats-Unis, il est vrai !), a comptabilisé notre experte. Cela paraît beaucoup, à tous égards ! Pourtant, il suffit de s'aider d'une calculatrice de poche pour établir que ce rythme (à supposer qu'il soit vrai) se ramène à un simple taux de 0,000002 viol par jour et par tête d'habitant. Un coefficient de débordement, somme toute, assez modeste, si l'on tient compte de la pression de l'offre et de celle de la demande...

Dorénavant elles devront lutter pour ne pas le donner du tout, en reconstituant par le travail collectif leur dignité de personnes humaines complètes et indépendantes. »

Laissons passer ce que ces exhortations ont d'un peu pitoyable par leur côté ascétique et leur tonalité crypto-religieuse... Ne laisseront-elles pas, en tout cas, perplexes celles des Italiennes qui gardent encore, peut-être, le souvenir d'une certaine expérience de *civiltà del lavoro* (civilisation du travail, selon Mussolini), dans laquelle la femme des années 1923-1943 ne s'est pas, si je ne m'abuse, retrouvée beaucoup plus libérée que l'homme !

Est-ce de ma faute si l'exemplaire de *Recherches* que j'ai déjà cité me tombe à nouveau sous les yeux ? Ce n'est pas moi, bien sûr, qui aurais jamais osé écrire :

« Travail, volonté : je sais ce que cela signifie dans les bouches d'où sort une morale et où n'entre jamais une queue*. »

Les femmes, à dire vrai, connaissent depuis longtemps l'air que leur joue Dacia Maraini. La plupart d'entre elles l'ont entendu sur les lèvres de leurs mères, moins rassurant qu'une berceuse.

« Tu as le malheur d'être née femme, se lamentait cette éducatrice traditionnelle. Et les hommes sont plus forts que toi. Mais tu peux, toi, compenser cette malédiction du destin, à force de finesse retorse et de ruse. Sache mentir ! Affecte d'être soumise, empressée, pour mettre peu à peu ton mari à la merci de tes volontés et de tes humeurs. Si tu sais utiliser ta faiblesse pour te faire plaindre et sa force pour te faire craindre, la partie que tu joueras contre l'homme tournera finalement à ton avantage. Si tu es exceptionnellement habile à ces feintes, tes adversaires naturels, les hommes, seront tous amenés, les uns après les autres, à

* Michel Foucault, *op. cit.*, p. 252.

servir tes ambitions et se sacrifier à tes intérêts. Tu deviendras toute-puissante, seras entourée d'une tribu (ou d'une cour, selon les latitudes) à ta dévotion et à ton service. Tes seigneurs-nés seront devenus tes sujets. »

Si elles savaient regarder autour d'elles, pourtant, même les plus innocentes gamines comprendraient vite que les bonnes femmes qui leur susurrent ces sinistres principes sont des sorcières. Et elles verraient aussi que les hommes, même les plus grands, les plus forts et les plus effrayants, ont peur de nous, femmes, petites, bénignes et douces comme nous sommes...

Ils préfèrent s'exposer aux risques de la guerre, naviguer solitaires à travers les tempêtes, jouer à la roulette ou à la Bourse, attraper la vérole et perdre leur réputation, plutôt que d'affronter nos criailleries, nos jérémiades, nos larmes et nos maladies hystériques, discuter avec nous, tenter de se faire entendre de nous, nous faire partager leurs rêves.

Ils aimeraient bien nous avoir pour compagnes d'aventures, pourtant, ces braves ; mais nous n'aimons pas l'aventure, nous ne tenons qu'à la sécurité.

Nous faisons de notre mieux pour les rendre aussi casaniers et madrés que nous : sans succès ! Nous les retrouvons capables de tous les courages, quand c'est pour nous fuir ; de toutes les folies, pour se distraire de l'ennui que leur inspire la revendication de nos droits et que répand notre bon droit ; de tous les détours, pour échapper à la sacralité de notre foyer ; de toutes les palinodies, pour ne pas encourir nos reproches ; de toutes les lâchetés pour ne pas nous voir réellement souffrir.

Pendant que nous parlons de lâcheté... Ne me démentiront pas, n'est-ce pas, les juges qui, du jour au lendemain, se mettent à décupler les peines infligées aux auteurs présumés de viols, pour la simple et bonne raison qu'ils ont trop peur, eux magistrats d'un régime réputé pour sa mâle fierté, de s'exposer à l'ire polémique des féministes en mal de violomanie ?

Ne me dédiront pas davantage les hommes qui applaudissent hypocritement aux pires déraisons de certaines de ces mêmes femmes extrémistes, non parce qu'ils sont sincèrement convaincus qu'elles ont raison malgré les apparences, mais parce que la Café-Society a hissé la phraséologie pussycratique au rang de nec plus ultra du snobisme, comme elle l'avait fait précédemment pour les blue-jeans, les cheveux longs et les films érotiques.

Si bien qu'aucun monsieur soucieux de son « standing » n'oserait aujourd'hui, fût-ce par boutade mondaine, émettre le moindre doute sur le manifeste le plus douteux dont le Mouvement de Libération des Femmes orne les murs des villes, ou sur la plus indubitable inexactitude dont ce nouveau (ou vieux !) militantisme truffe ses statistiques. Et aucun écrivain désireux de conserver un éditeur n'écrit, s'il est né affligé d'un membre entre les jambes, le quart de ce que je viens de dire.

Vous en connaissez, vous, des hommes qui se permettent de parler franchement et librement des femmes ? Discourir sur les Américains, les Russes, les Chinois, les Zoulous, les Juifs, les Arabes, les capitalistes, les prolétaires, les Martiens, ça, d'accord ! C'est sans risque. Mais, sur les femmes, brrr ! Non, merci, vraiment !... Elles font trop peur.

Comme toujours, me direz-vous, je m'exagère la gravité de cette situation. Les hommes ne prennent pas vraiment les féministes au sérieux.

C'est bien possible. Mais je le regrette. Car je voudrais que tout homme prît toute femme au sérieux. C'est-à-dire je voudrais qu'il s'attache à voir sa réalité, plutôt que de prendre ombrage de son mythe.

Pour que ce vœu puisse être exaucé, peut-être faudrait-il que le nom de féministe fût désormais réservé à celles qui aident les hommes à mieux connaître les femmes, au lieu de désigner celles dont les rodomontades et les bavardages nuisent au progrès de cette connaissance.

Et surtout le mot femme ne devrait jamais être lié à celui de *pouvoir*. Car tout pouvoir est un mal, comme Jean-Paul Sartre l'a rappelé, à Capri, en août 1976.

Que la femme renonce donc à rêver d'un pouvoir qui la rendrait plus incompréhensible et effrayante encore qu'elle ne l'est déjà ! Et puisse-t-elle, au lieu d'abaisser son intelligence à des manèges, des frimes et des trames préhistoriques qui perpétuent la peur, cesser d'être le mal dont souffrent les hommes que son sexe met au monde.

II
Ouverture

Déplacement progressif du désert

« Je t'ai aimé aux dépens des autres : je ne t'ai pas aimé » fait dire Nitya Phenkun à sa sœur sirène, dans *Ecrit sur la porte d'un port de sable.*

Cette sirène a notre voix. Nous sommes tous et toutes des naufrageurs.

Ce que nous appelons amour est un chant mystifiant. Nous nous y lamentons de notre solitude, mais ce n'est pas pour chercher de vrais compagnons. Ce que nous voulons, c'est qu'un autre voyageur perdu s'échoue sur notre île et y soit, à longueur de vie, solitaire avec nous.

Nous ne lui offrons rien. Nous n'espérons rien de lui. Qu'échanger, d'ailleurs, entre nageurs nus ? Des coquillages crus. Des fruits non greffés. On ne cultive pas une plage. On ne se met pas en frais de cuisine pour deux.

Ailleurs, peut-être, il y a d'autres îles, où se languissent des solitaires qui nous ressemblent. Mais quel langage leur parlerions-nous ?

Nous ne savons que chanter faux. A force de susurrer « je t'aime », nous ne pouvons plus dire « je vous aime ». Nous ne sommes capables que de couacs singuliers.

Sirène capitaine, ta voix mâle me hèle... Etrange appeau ! Tu me dis : « Je suis indifférent à tout, mais je t'aime. » Et je suis censée monter sur ce bateau. Etre aimée ne demande qu'un peu de foi.

Suis-je donc ton seul intérêt, ô mon amant ? C'est parce que tu as besoin de te faire croire. Et tu doutes que personne autre que moi ne te croie intéressant. Tu dépends de ma foi et tu me fais dépendre de ton doute.

Je suis devenue le mythe de ton cœur désert. Tu redoutes que je ne l'entende plus battre, si le désir me prenait de chanter en chœur.

Tu mens, chant d'amour ! Et toi aussi, chanteur de ce chant-là ! Tu voudrais que je m'intéresse à toi seul, parce que tu n'as d'intérêt que pour toi. Mais, si les autres ne peuvent pas gagner à ton amour, j'y perds, moi aussi, car je suis une autre.

Ton intérêt coûte cher. Cher en déception. Cher en solitude. Cher en ennui.

Me ferais-tu payer ce prix, si tu savais m'aimer ? Me priverais-tu d'un autre amour ? Me ferais-tu tort d'autres amoureux ? Ce qu'ils m'apportent de plaisir et d'intelligence te léserait-il ? Serais-tu jaloux de mon bonheur et de leur beauté ?

Tu parles, pour éloigner de toi et de moi ceux qui pourraient nous parler. Tu crois pouvoir m'aimer aux dépens de tous : tu m'aimes ainsi à nos dépens.

Je te comprendrais mieux, si tu étais content que d'autres me contentent. Je t'aimerais davantage, si tu aimais tous ceux que j'aime. Mon corps serait plus proche de ton corps, si tu jouissais quand on me fait jouir.

Notre espèce, née pour jouir des chasses collectives en forêt et du chant des villes, va vers le désert. A quoi bon avoir peuplé génialement cette Terre, si chacun de nous aujourd'hui ne sait plus parler qu'à un seul semblable ?

Nous nous marions pour avoir au moins un allié, mais aussi parce que nous nous pensons incapables de nous faire d'autres alliés. Nous procréons des enfants pour que quelqu'un fasse attention à nous, mais aussi parce que nous ne savons pas nous-mêmes faire attention aux autres. Pourtant, n'importe quelle femme pourrait être notre femme, n'importe quel homme un mari de plus, n'importe quel nouveau-né notre enfant trouvé : nous sommes tous faits de la même humaine matière de rêve. Nous pourrions-nous donner une famille infinie, avoir autant d'amants que nous avons d'amis. Mais il faudrait, pour cela, que nous osions vivre passionnément. Hélas, l'unique passion de notre vie aura été la peur ! Nous fuyons vers ce que nous disons être notre unique amour, comme les anachorètes des premiers âges se cachaient au fond du désert, de peur d'être tentés par la vie.

Partout, autour de nous, en nous, une solitude aride, une tristesse de sable nous recouvre. Le désert avance. Le désert monte, comme une grande mer de poussière. Nous devenons ses grains, blottis, séparés, malheureux comme des pierres. O mon amant, veux-tu vraiment que je sois pour toi une plage vide ? Veux-tu te perdre à longer mes rives, sans y croiser rien d'autre que tes pas ? N'as-tu pas peur d'avoir peur sur moi, quand il fera nuit ?

Ne comprends-tu pas que tu n'as pas seulement besoin de moi : tu as besoin qu'une foule incertaine fasse avec toi les mêmes projets. Et moi, je veux être dans ce monde du nombre, dans cet espace du mouvement, dans ce temps de l'indéterminé. Je ne veux être pour personne une limite. Pas plus que je ne puis être une certitude. L'unicité n'est pas plus sûre que l'éternité.

Il n'y a nulle part de sirène seule. Toute sirène à une sœur mortelle, qui sait d'autres chants que les siens.

Je ne suis pas une île, mon amant. Je ne suis pas ton île. Il est plus facile de déposséder les autres de moi que de me posséder.

Je te suffis, dis-tu ? Mais à personne rien ni personne ne suffit.

Il n'y a pas d'isolement heureux. Toute île est déserte. Toute sirène pleure de ne pouvoir être aimée que par un naufragé à la fois. Lorsqu'elle cesse de jouer sa légende et se tait, elle rêve d'avoir des jambes, pour les ouvrir à qui lui chante.

III
Amour transfini

La lutte des corps

A-t-on jamais vu un atome rire ? Imagine-t-on l'entropie se laissant aller à un jeu de mots ? L'espace-temps chiadant un canular pour faire se tordre une nébuleuse ? Rien à espérer de ce côté-là : l'univers est incorrigiblement sérieux.

Nous qui regardons s'épandre ce brasseur de quanta si peu expansif ; nous qui sondons dans ses radiations ce père profond si peu radieux ; nous qui écoutons pulser ce renfermé si peu impulsif — nous sommes bien plus marrants que lui.

Est-ce sûr ?... Voyons ! Primo, les arguments en notre faveur.

Puisque cet univers si peu enclin à la rigolade, nous sommes capables, nous, de le trouver drôle, il est probable que la drôlerie vient de nous. Sans doute sommes-nous seuls à avoir de l'esprit. Et, si nous n'existions pas pour voir l'humour là où il n'est pas, il n'y aurait d'humour nulle part. Décidément, le silence des espaces infinis a le plus grand besoin de nous.

Privée de notre regard, par exemple, la Nature aurait été bien embarrassée pour découvrir ses propres règles. Sans notre esprit de géométrie, elle ne connaîtrait pas ses mensurations : tour de hanche, tour de taille, tour de poitrine. Sans notre esprit de finesse, elle ne saurait comment les énoncer. L'espace serait courbe sans s'en rendre compte. Sans Einstein, le mouvement des astres continuerait d'obéir aux lois newtoniennes et sans Niels Bohr, les molécules se demanderaient encore si Dieu ou le diable les a créées.

Autre exemple probant : il a fallu tout le sens du chahut que seuls ont nos savants pour formuler les « trois commandements de la matière » reproduits ci-après, tels que les hommes les connaissent et que la Nature les ignore (que le physicien célèbre auquel ils sont dus me pardonne si je ne cite pas son nom : je l'ai oublié ; mais l'anonymat ne sied-il pas à la science aussi bien qu'à l'art ?) :

1 — On vit par impossibilité de mourir.

2 — On ne meurt que dans les règles.

3 — Tout ce qui n'est pas interdit est obligatoire.

Quiconque vit dans la familiarité des particules élémentaires ou dans celle des cellules vivantes sait qu'il ne s'agit pas là d'aimables boutades. C'est bien ainsi que se conduisent le méson mu et ses petits-cousins de la tribu lepton. Et c'est bien cette vie-là aussi que, *mutatis mutandis,* connaît l'amibe.

L'amibe seulement ? A peine nous mettons-nous à réfléchir à la chose qu'un doute nous vient. Est-ce que, par hasard, nous aussi, êtres complexes et évolués, libérés par l'âme des fatalités de la matière, nous n'obéirions pas quand même, peu ou prou, aux mêmes principes ? Voilà qui devient moins risible !

Car alors à quoi nous sert notre humanité ? Si nous ne pouvons pas mourir quand nous en avons envie, de la manière qui nous plaît (fût-ce d'une mort buissonnière) ; si, en attendant que l'issue nous soit imposée, il nous faut nous engager dans tous les sens uniques que nous rencontrons et les suivre jusqu'à ce que nous soit désigné le trou prévu pour notre repos éternel —, que reste-t-il de cette dignité de la personne dont on nous a rendus si imbus ? Nous ne sommes pas des sujets libres, mais les jouets du déterminisme et de la force majeure.

Le hasard et la nécessité qui ont présidé à notre apparition en ce monde décideront jusqu'au bout, sans que nous ayons voix au chapitre, de notre emploi et de notre fin.

Si vraiment c'est ça la vie, autant mourir !

Ah, mais non ! j'oubliais : nous n'avons pas le droit de mourir... Nous n'en avons, au jour et dans les formes voulus par les pouvoirs et par les lois, que le devoir. Un citoyen ou un fidèle meurt lorsque la société le lui ordonne ou que son Dieu le lui permet. Pas avant, ni après, ni autrement. Vivre et mourir sont des services commandés.

Commandés par qui ? Dieu, la société, qui est-ce ? Quelqu'un commande-t-il leur vie et leur mort aux protons, aux électrons, aux neutrons ? Qui ça ? Le Dieu des protons ? Des électrons multinationaux ? La classe des neutrons au pouvoir ? Si c'était vrai, ça se saurait. Et ça n'en a pas l'air.

Tiens ! Entre le monde de la matière et nous, voilà donc qu'apparaît une différence : pas plus que nous la matière n'a le choix, mais elle n'obéit pas, elle, à des choix faits par d'autres.

Si une particule physique a un « destin », c'est un destin qui lui est immanent : l'effet logique interne et externe de sa structure. Ce n'est pas un tracé imposé par une volonté venue d'ailleurs, pas un projet conçu par une minorité de particules au dépens du grand nombre.

Un électron ne tourne pas autour d'un noyau parce que des électrons mieux nés, riches et bien placés ont décidé que cette ronde était « bonne pour lui » (et pour eux !). Il ne s'est pas mis en route parce qu'il a cru à leurs discours. Il n'accélère pas parce qu'il envie leur position et ambitionne de l'occuper un jour. Il ne file pas ventre à terre parce qu'il a peur d'eux. Pourquoi court-il, alors ?

D'abord, il ne court pas. Il avance à son rythme. S'il bouge, c'est parce que, d'une certaine manière, il est

« fait pour ça ». Il est en mouvement parce que ce mouvement est nécessaire. Et si c'est lui qui l'a entrepris, plutôt qu'un autre électron, c'est parce que lui, plutôt qu'un autre, est capable de l'accomplir. Il est heureux, parce qu'il fait tout ce dont il est capable.

Donc, nous ne sommes pas du tout comme les atomes, ni comme les astres. Nous sommes, à mieux regarder, beaucoup moins libres qu'eux. Beaucoup plus maltraités. Ou beaucoup plus bêtes.

Aucun électron ne laisserait un autre électron choisir pour lui ses films ou ses lectures, lui interdire le cinéma porno, lui faire honte de son homosexualité, se mêler de ses masturbations et le dégoûter de l'amour hors des liens du mariage. Si un parti électronarchique prétendait édicter de telles limitations aux rapports énergie-masse d'électrautrui, la révolution orbitale ne ferait qu'un tour au cœur de la matière. Les prolectrons de tous les pays s'uniraient ! Les électrogétistes couperaient l'électricité. Et les électrocrates ivres de domination et assoiffés de plus-value n'auraient plus qu'à aller se geler le charme et le spin dans les ténèbres extérieures.

Alors quoi ? Nous hommes d'esprit, nous les maîtres de l'humour critique, observateurs narquois de l'univers, nous nous laissons tyranniser plus aisément que le dernier des quarks ? Nous nous faisons moins bien respecter que le neutrino le plus illettré ?

Où donc, pour se débrouiller tellement mieux que nous, ces minuscules sont-ils allés apprendre leur art politique ?

Je dis : art. Pas science. La science, en politique, n'a su produire, jusqu'à présent, que la plus bafouilleuse des confusions. Ses thèses n'ont même pas la clarté des « commandements » de mon physicien oublié. Au point que nous pouvons légitimement nous demander si c'est vraiment nous qu'elle concerne.

Nous, c'est-à-dire les ouailles, les enseignés, les gouvernés — les paramètres d'équation, à qui l'on ne fait jamais la politesse de révéler la valeur des inconnues et la relativité des infinis au milieu desquels on nous donne l'ordre de nous dépatouiller « selon les règles ».

On ? Qui, on ? Les forts en maths ; les auteurs des calculs ; les propriétaires d'ordinateurs ; les manieurs de statistiques ; les profiteurs de courbes ; les déducteurs d'index et les inducteurs de dévaluations : ceux auxquels rapportent les solutions. Autrement dit, les hommes de pouvoir.

Entre eux et nous, quelle est donc la différence de nature ? Il doit bien en exister une, sinon pourquoi nous trouverions-nous en masse d'un côté, parmi les chiffres, et eux de l'autre, à nous aligner avec autorité et désinvolture ?

Faisons comme les physiciens : cherchons les causes de cette distinction et les lois de cette action à sens unique. Objectifs et sereins, ne nous fions pas aux apparences. Mettons les puissants et nous sous microscope et regardons. L'hétérogénéité de nos essences va nous sauter aux yeux.

Eh bien, non ; pas du tout ! L'anatomie, l'histologie, la physiologie des organismes que nous étions prêts à croire supérieurs ne révèlent pas le moindre supplément de matériau, finesse d'agencement ou trouvaille de design qui justifierait, de par les droits péremptoires du mieux foutu, leurs privilèges. Le cerveau de Staline ressemble à une cervelle de moujik. Ceux de Sacco et de Vanzetti seraient facilement confondus avec ceux de leurs juges et même celui de leur bourreau, s'ils venaient à être mélangés sur une table de laboratoire. Et il y a tout lieu de présumer que l'encéphale des magistrats italiens qui ont fait brûler le *Dernier Tango à Paris* ne présente ni plus ni moins de circonvolutions, ni mieux faites, que celui de Bernado Bertolucci.

Pourtant, l'un de ces hommes a eu le droit de disposer de la vie de l'autre. L'un de ces hommes, impunément, a pu tuer l'œuvre de l'autre. Cela, dis-moi, ami physicien qui connais l'ordre des choses et les lois du monde, cela est-il « conforme aux règles » ? Cela est-il obligatoire ?

Comment font donc les électrons, pour qu'aucun d'eux ne passe son existence à rendre misérable celle des autres ?

Tu ne le sais pas ? Fais un effort ! Observe-les mieux. Regarde ! Ils sont ensemble. Ils ne se quittent pas. Ce qu'ils font ? C'est tout simple : ils ne se jalousent pas, ne se trichent pas. Ce qu'ils veulent ? Ils cherchent inlassablement à aller en commun ailleurs, à être en même temps autre chose.

C'est vrai, jamais ils ne parviennent, eux non plus, tout comme nous, à se rejoindre entre eux, à se toucher, à se comprendre. Mais leur *désir* de se rapprocher les uns des autres ne se décourage pas. Je crois bien qu'ils s'aiment.

Pourquoi les électrons peuvent-ils aimer, et nous pas ? Peut-être est-ce parce qu'ils sont seulement des corps. Peut-être que seuls les corps savent aimer.

Les hommes ont oublié qu'ils sont des corps. « On » le leur a fait oublier. L'Eglise, bien sûr, mais pas seulement elle. L'Etat s'est partout construit sur la dénégation des corps : son pouvoir n'a pu s'établir que sur des corps contraints, appropriés, des corps vidés de tout désir privé, de toute conscience de différence : corps de soldats, de prolétaires, de prisonniers, de croyants, d'ignorants, d'époux.

Faut-il attendre du pouvoir politique ou du fléau ecclésiastique qu'ils libèrent ceux qu'ils ont traditionnellement soumis ? Cette question n'a aucun sens. Il n'y a pas de liberté passée qui, octroyée par l'autorité, puisse devenir une liberté future. La seule liberté possible est la somme des actes spontanés qu'accomplissent, à un moment donné, des corps animés d'un désir.

N'importe quel acte est à notre portée, dès que le désir est plus fort en nous que la peur du pouvoir.

Rendre aux dominés la possibilité de la liberté postule donc une restitution militante du désir.

La conscience du désir donne le désir de combattre. Et « celui-là seul mérite la liberté et la vie, qui chaque jour doit les conquérir* ». La liberté ne peut être gagnée que par la lutte des corps.

Immémorial instinct inscrit dans mes gènes, puisses-tu enfin m'inspirer un combat heureux ! Puisses-tu me guider, avec tous mes compagnons de désir, vers « une terre libre, où je serai debout parmi un peuple libre. A l'instant qui passe, alors je pourrai dire : arrête-toi, tu es si beau !** »

Oui : tous ! Hommes et femmes que je désire, aucun de vos corps n'est remplaçable. Je ne peux pas me passer du plus proche ni du plus lointain d'entre vous. C'est pourquoi je ne veux pas vous laisser mourir.

Moi aussi, j'ai vécu pour vous, je vis pour vous...

Si j'étais morte avant de vous avoir désirés, avant que vous ne m'ayez désirée, le monde entier en aurait été changé, autant que s'il lui manquait une particule, autant que si un électron mourait. Si mon père était mort... Si les garçons qui m'ont déshabillée... Si les filles que j'ai aimées... Si les amis qui m'ont parlé... Si l'homme que j'ai épousé... Si les hommes qui m'ont fait souffrir... Si les femmes que j'ai fait pleurer... Si le marin qui m'a repêchée... Si les pêcheurs qui m'ont nourrie... Si les docteurs qui m'ont guérie... Si les inventeurs qui m'ont fait voler d'un bout à l'autre de la Terre... Si les chants qui ont rendu mon sommeil heureux... Si les savants qui ont dessillé mes yeux... Si les yeux de mes amants s'étaient refermés... Si la guerre avait plus longtemps tué... Si ceux qui m'ont appris le mot de liberté n'étaient pas nés...

---

* « Nur der verdient sich Freiheit wie das Leben, Der täglich sie erobern muss » (Goethe)

** « ... Auf freiem Grund mit freiem Volke stehn. Zum Augenblicke dürft' ich sagen : Verweile doch, du bist so schön ! » (Goethe)

Libre ! Grâce à eux, à eux tous, je l'ai été. Je le suis. Vous l'êtes.

A la différence de l'électron, je rêve, oui. Mais je ne m'attends pas à ce que mes rêves deviennent réalité. Je choisis ma vie : j'ai choisi la vie. J'aime ce monde, je jouis de l'espace, je vis le temps. Je lutte avec mon corps, je me sers de ma durée. Je ne me rends pas à l'éternité.

Je n'ai pas de peur. Je n'ai pas d'espoir. Donc, je suis libre.

Vous aussi ! Parce que, comme l'électron, vous n'avez rien à craindre. Et parce que, comme l'électron, vous n'avez rien à espérer.

Vous avez tout à désirer ! A qui désire sans peur ni espoir, tout est possible.

La seule question

« Allons ! Allons ! me dites-vous. Qu'est-ce que c'est que cette prétendue philosophie ? Est-ce que, d'aventure, tu ne finirais pas par te prendre au sérieux ? A quels besoins — ou à quelles frustrations cachées — répond ta méthode ? »

Aucune philosophie n'apporte de réponse à quoi que ce soit, ni à personne. Une philosophie n'est rien d'autre qu'une manière de poser des questions. La bonne philosophie est celle qui pose les bonnes questions. Une philosophie qui se voudrait tout à fait utile ne poserait sans doute qu'une seule question. Elle nous éviterait ainsi de gaspiller nos vies à résoudre des problèmes qui ne nous concernent pas vraiment.

Je ne sais pas si l'érotisme — si mon érotisme — est une philosophie, mais je sais qu'il a cette utilité-là. Il adresse, en effet, à la morale — aux autres morales — une question unique, celle-ci : un homme ne doit-il faire l'amour qu'avec une seule femme (ou une femme avec un seul homme) ?

Vous vous récriez : « L'érotisme n'est-il donc pas plutôt un art de relations, un jeu de situations, une science de positions ? »

Oui, bien sûr, et tout le monde, aujourd'hui, se croit plus érotique que son voisin. Pourquoi, alors, l'érotisme continue-t-il pourtant d'étonner ? Pourquoi fait-il encore aussi peur ?

Ce n'est pas lorsqu'il nous offre, une fois par hasard, à la lune rousse, quelque occasion inespérée d'incartade et de secrète galipette que l'érotisme cause le plus grand scandale : c'est quand il nous incite à nous demander publiquement si nous avons raison ou non d'espérer qu'une seule personne, toujours la même, puisse apporter une réponse à nos désirs de tous les jours.

Scandaleuse, c'est vrai, cette question, comme toutes celles, aussi essentielles, que la société ne nous permet pas de poser tout haut. Elle ne nous le permet pas, parce que la raison d'être du pouvoir est de donner ses propres réponses à toute question. Et notre devoir de sujets est de croire tous ensemble à ce que le pouvoir nous dit. L'ordre moral, l'ordre familial, l'ordre social reposent sur notre incuriosité collective et sur notre foi.

A notre besoin de savoir, par quel dogme répond donc le pouvoir ?

« Tu désires tout ? nous dit-il. Eh bien ! l'époux (ou l'épouse) que tu prendras sera pour toi ce tout. Il sera ton univers. Tu n'auras pas d'autre compagnon de vie, pas d'autre partenaire sexuel, pas d'autre amoureux. Jusqu'à la mort, ce seul être incarnera pour toi tous les autres. Et, dans ce monde de multitude, tu seras éternellement seule avec lui. Si tu pensais différemment, tu t'excluerais moralement de ton pays et de ton temps. »

Puisque telle est notre condition, pourquoi, alors, en ce même moment, nous rabat-on tellement les oreilles avec les droits de l'homme : droit à la liberté de penser, de s'exprimer, de s'associer, de chercher ailleurs ? Pourquoi nous assure-t-on qu'un régime politique est abominable lorsqu'il dénie ces libertés au moindre de ces citoyens ? N'est-il pas temps, pour nous aussi, de demander à nos moralistes officiels sous quel régime, ou dans quel futur, le droit d'être moins seuls sera reconnu aux hommes et aux femmes, mariés ou non ? Ou bien le confinement éternel est-il la loi suprême des sociétés, parce qu'il est la loi de la matière ?

Mais la Nature a-t-elle des lois ?

« Opinion la couleur, opinion la douceur, opinion

l'amertume... Dans la réalité, il n'existe rien d'autre que l'atome et le vide. »

Qui parle ainsi ? Un matérialiste moderne ? Non. Un très ancien : Démocrite, ce précurseur de l'objectivité scientifique — que Platon haïssait tellement qu'il préféra faire croire qu'il n'avait jamais existé. Vaine ruse, comme tant d'autres, concoctées par la passion religieuse ! Vingt-cinq siècles plus tard, il n'y a toujours pas de science possible hors du postulat qu'énonçait Démocrite.

Qu'importe aux faiseurs de lois civiles et morales ! Grands et petits Platons qui ne nous aiment qu'à l'état d'ombres sur les murs de leurs églises et de leurs casernes, nos maîtres à penser continuent de nous dicter des « opinions » plus irréelles que le vide et de nous imposer des devoirs auxquels nos atomes ne peuvent obéir.

Nos atomes — c'est-à-dire notre nature concrète, qui nous rend aptes à des relations multiples et changeantes, nous donne le goût d'expériences complexes et variées. Sous le microscope des physiciens, les particules ne cessent pas de s'associer aux particules, sans jamais se fixer ni se contenter. Si une liaison se produit entre elles qui rend impossible des combinaisons ultérieures différentes, le corps formé a la vie courte. Seules durent, se perfectionnent et prospèrent les unions capables d'évoluer en attirant à elles d'autres éléments, que ce soit pour faire l'essai d'accouplements nouveaux ou pour créer des compositions à trois, à quatre, à davantage.

Les êtres humains, me direz-vous, sont plus que des atomes, justement parce que, dussent-ils en cela faire enrager Démocrite, ils sont capables d'« opinions ». Bien. Mais, alors, revenons-en aussi à nos fameux « droits », et demandons : que vaut une opinion, si elle n'est pas libre ?

Lorsque nous nous privons du plaisir de connaître un

amant de plus ; lorsque nous croyons mal faire en ayant plusieurs amoureux et nous nous justifions en disant que nous aimons chacun d'eux de manière différente ; lorsque nous traçons une ligne factice entre l'amitié et l'amour — faisons-nous preuve de liberté, ou renonçons-nous lâchement, tristement, au droit de jouir à notre guise de nos vies mortelles ? Pour quelle ombre de récompense ?

A force de docilité, paraît-il, nous gagnons une âme. Ah, oui, beau gain, en effet, que cette grande âme, qui nous isole plus que des amibes et que des pierres ! Bonne âme, qui nous laisse seuls sur cette terre à ne savoir poser de questions qu'au malheur !

Le malheur est, pour nous, un destin supposé. Il n'y a pas de malheur dans le monde réel, pas plus qu'il n'y existe de tragédie, parce que la réalité n'a pas de destin. Il ne peut y avoir de tragédie que là où le comportement et les concepts procèdent d'une foi.

Nous vivons une vie tragique parce que nous croyons que peut être trouvée quelque part hors de nous — avant nous, après nous, ailleurs — une réponse à la question que pose notre unicité. Et parce que nous croyons qu'il n'existe pas de réponse aux questions que posent nos diversités.

Etre heureux, peut-être n'est-ce rien d'autre, après tout, que d'être délivré d'une foi. Nous souffrons déjà moins, lorsque nous commençons à nous intéresser aux questions plus que nous ne nous soucions des réponses.

Notre vie durant, tout ami nous pose des questions auxquelles nous ne suffisons pas à répondre. Notre sexe durant, tout amant nous inspire des désirs qu'il ne suffit pas à combler. Notre cœur durant, tout amour nous lance des défis que la fidélité ne suffit pas à relever.

Si questions, désirs, défis ont pour nous un sens plus humain que la crédulité tragique, sachons avoir plus d'un ami, donnons espoir à plus d'un amant, soyons fidèles à plus d'un amour.

Etre méduse chrysaore

Si la métempsycose était un pari sage et que je puisse un jour me réincarner, j'aimerais renaître méduse chrysaore.

Je ne fais pas ce rêve parce que le désir d'une existence sous-marine me hante, ni parce que flotter entre lichens et requins-marteaux serait forcément moins périlleux qu'évoluer entre éditeurs pirates et producteurs de films bidons.

C'est pour d'autres raisons que le destin de la méduse chrysaore me tente. Elle est le seul animal, en effet, que je connaisse qui naît femelle, devient ensuite hermaphrodite, puis finit mâle. Ainsi peut-elle, durant sa vie, faire l'expérience de trois sexes.

Hommes et femmes, dit-on, ont du mal à s'entendre parce que les sensations et les pensées de chaque sexe restent irrémédiablement *terra incognita* pour l'autre. D'accord. Mais je constate également que les femmes ne s'accordent pas tellement bien entre elles. Et les hommes ne se supportent pas non plus facilement entre eux.

Ce n'est pas la différence qui est le pire obstacle à la paix des esprits, c'est l'immuabilité. Ce qui rend tout le monde impatient envers tout le monde, c'est la perspective de ne jamais changer de nature, de situation, de mentalité et de peau. Ce qui fait qu'on déteste l'autre, c'est qu'on enrage de ne pas pouvoir devenir lui.

La mythologie grecque fait foi de l'antiquité du

mystère. Tout le monde connaît la légende de Tirésias, ce devin qui, baguenaudant en quête d'augures ou de champignons hallucinogènes, rencontra deux serpents (l'histoire ne dit pas s'ils étaient mâles ou femelles) qui faisaient l'amour. Par pudibonderie, méchanceté naturelle ou imbécillité pure, il sépara à coups de bâton ces ophidiens amoureux. La plupart d'entre nous en feraient autant, encore aujourd'hui, s'ils rencontraient au milieu de la route un garçon et une fille enroulés tout nus l'un à l'autre.

Zeus avait, ou n'avait pas, selon les jours, de préjugés. Cette fois-là, soit parce que le live-show lui plaisait, soit parce que les deux serpents étaient pour lui de vieux compères (il y a toujours eu communication entre les divers paradis), l'intervention du trouble-fête lui tapa particulièrement sur les nerfs. D'un simple claquement de doigts, il changea Tirésias en femme.

Dans la tradition du temps, cette dévaluation était déjà, il faut croire, officiellement considérée comme un mauvais tour à jouer à autrui.

Ce faisant, Dieu démontra pourtant, une fois de plus, qu'il ne connaissait pas grand-chose à sa créature. A quelques années de là, en effet, et après une vie fertile en péripéties, Tirésias s'entendit interpeller de nouveau par le même Zeus. Celui-ci lui demandait de l'aider à trancher une querelle. Qui pouvait le quereller, sinon, bien sûr, la Crétoise Héra, sa divine femme ?

Assez scabreux, comme à l'accoutumée, était le sujet de leur dissentiment : le roi des dieux et son épouse disputaient, ce soir-là, de savoir qui, de l'homme ou de la femme, en faisant l'amour, éprouve le plus de plaisir. Tirésias était tout désigné pour les éclairer, riche qu'il était de sa connaissance successive des deux sexes.

Il n'hésita pas : la jouissance de la femme, révéla-t-il, est *neuf fois plus forte* que celle de l'homme. Zeus le remercia de sa consultation en le retransformant en homme. Cette fois, la punition était rude !

Pourquoi neuf fois, néanmoins, plutôt que huit ou dix ? Les textes ne le rapportent pas. Tirésias était simplement plus précis que nos sexologues actuels.

Malheureusement, ses sources d'information et sa méthode ne sont pas maniables par n'importe qui. Les transexuels, c'est-à-dire ceux qui changent somatiquement de sexe par opération chirurgicale, ne sont pas des juges impartiaux. Ils étaient (ou se voulaient) déjà femmes avant de faire procéder à l'ablation d'un pénis et de testicules qui ne leur faisaient pas plaisir. Ou bien ils étaient déjà hommes, avant de faire sortir ces mêmes organes du repli de peau ventrale où ceux-ci se cachaient, derrière une vulve qui n'était qu'une blague.

Etre *vraiment* femme, puis être vraiment homme (ou vice versa), serait tout autre chose. Je suis sûre que l'histoire du monde serait différente, si pareille mue était possible. La plupart de nos malfaisances viennent de ce que nous voudrions être autre chose. Si nous étions assurés par avance de devenir le contraire de ce que nous sommes, cette perspective aurait probablement, à défaut de nous assurer le bonheur éternel, l'effet de nous rendre un peu plus prudents...

Une de mes amies, militante féministe, lit ce que je viens d'écrire et proteste. A son gré, l'évolution devrait être à sens unique : il faudrait que tout le monde commence par être homme, puis que les hommes soient forcés de devenir femmes. Pourquoi ? Pour les punir ! Zeus n'est pas mort.

Cette politique vindicative m'est, je l'ai déjà dit, étrangère. Je ne me suis jamais sentie malheureuse d'être femme. Je ne regarde donc pas la féminité comme un châtiment. Si, de nouveau, je n'avais d'autre choix que l'un ou l'autre sexe, je préférerais renaître femme qu'homme. Mais le mieux serait, je persiste à le prétendre, de pouvoir être les deux. Et, tout bien pesé, pas l'un après l'autre : les deux en même temps.

La condition de la méduse chrysaore qui me paraît la

plus désirable est donc, indubitablement, l'hermaphrodisme. Elle résoudrait, une fois pour toutes, nos stériles luttes de préséance. La Terre serait plus agréable pour tous, si tous étaient dotés du même sexe ; et elle le serait deux fois plus, si ce sexe était double.

Songes absurdes, ronchonnera-t-on : aussi éloignés de la philosophie que de la science. Mais est-il certain que la philosophie et la science suffisent à nous satisfaire ? Il existe pour nous un besoin plus immatériel, plus irrationnel, plus irréalisable encore et dont nous ressentons pourtant l'urgence à en crier : c'est l'amour.

Connaître l'amour est, sur notre planète, une probabilité aussi éloignée que renaître méduse. Il n'y a pas plus de véritable amour sur terre qu'on n'y rencontre de vrais hermaphrodites. Il n'existe, à l'intérieur des êtres et entre eux, qu'une seule réalité certaine : le vide.

La même distance apparemment infranchissable qui sépare les astres sépare aussi les particules infiniment petites et sépare les hommes. Pourtant les particules élémentaires, par milliards, se rencontrent et souvent se combinent. Pourtant les corps célestes gravitent dans un ordre harmonieux. Pourquoi pas les hommes ?

Les atomes et les astres se comprennent entre eux parce qu'ils bougent. Le secret de leur bonheur s'appelle mouvement. Le mouvement est la résultante de l'espace et du temps.

Cette possibilité est aussi en nous. La vie, la pensée sont possibles parce que le temps remplit les vides.

Si le temps ne permettait pas au gène de devenir cellule, à la cellule de devenir corps diversifié, la terre serait inanimée. Si l'idée n'avait pas le temps de se former, la réflexion de mûrir, l'intelligence de se développer, la vie ne dépasserait pas le stade de l'animalité.

Il a fallu des milliards d'années pour que l'univers apprenne à vivre. Il a fallu des millions d'années pour que la matière vivante apprenne à penser. Il a fallu une autre patience infinie pour que l'homme imaginant devienne conscient de soi et de ses pouvoirs. Accordons-nous donc encore un délai de grâce avant de désespérer. Plus que quelques millénaires, peut-être, et nous finirons par apprendre à aimer.

Les femmes de mes amants

La plupart du temps, je n'inspire pas d'inquiétude aux épouses de mes amants. Quelquefois, elles feignent simplement de ne rien savoir. Mais, souvent aussi, elles se montrent délibérément gentilles avec moi ; elles recherchent ma compagnie, même mon amitié. Il me semble, donc, que je ne fais pas plus peur aux femmes que je n'effraie les hommes.

Si les femmes mariées s'alarment si peu de mes relations avec leurs maris, c'est probablement parce qu'elles savent (par intuition plutôt qu'à force d'enquêtes) que je fais l'amour par plaisir. Elles ne partiraient en guerre contre moi que si je les menaçais sur le vrai terrain privé du mariage, celui de l'intérêt.

L'intérêt matériel au sein de l'institution conjugale ne tolère en aucun cas la concurrence. Tout le reste est susceptible d'accommodements, à condition, bien sûr, que les apparences familiales et sociales, qui sont elles-mêmes des avatars d'intérêts, soient sauvegardées. Ma chance véritable vient simplement du fait que le plaisir n'intéresse pas les femmes « trompées ».

Il va de soi qu'aucune des femmes qui me ressemblent n'est jamais « trompée ». Lorsque je fais l'amour avec les maris (ou les amants) de ces femmes-là, c'est en même temps à elles que je fais plaisir. Mais ces sensations et ces sentiments, pour ceux qui ne sont pas assez hardis pour les éprouver, sont, eux aussi, sans intérêt...

Les intérêts d'une femme mariée « normale » se définissent sans la moindre référence au plaisir. Ils consistent uniquement, pour elle, à être *située*, *nourrie*, *protégée*.

Etre située, c'est-à-dire être assurée d'une position reconnue par la société : cette position la rend, croit-elle, respectable et, espère-t-elle, enviable. Etre nourrie, cela comprend aussi, naturellement, être logée, lingée, et avoir des enfants bien langés. Etre protégée, enfin, c'est, sa vie durant, se voir épargner le souci de penser par elle-même, de décider seule et de prendre des risques. Son père et sa mère morts ou vieillis, il n'y a qu'une seule personne qui puisse lui rendre durablement ces singuliers services : un mari.

Dira-t-on que je décris là des calculs et des mœurs qu'on ne trouve que chez les nantis, et que les couches laborieuses ignorent ? Hélas ! les ménages de prolétaires sont, chaque fois que la chance leur en est donnée, aussi possessifs que ceux des possédants, aussi enjuponnés que ceux des huppés, aussi embourgeoisés que ceux des bourgeois et certainement plus riches encore de préjugés que ceux de la haute. Dans le monde matrimonial, il n'y a pas de lutte de classes : il n'y a que des chicanes de privilégiés.

Pour un grand nombre de femmes, la crainte de perdre leur mari se confond donc simplement avec celle de ne plus jouir des commodités et des choses qui sont venues (et qui s'en iraient) avec le mari. Ce n'est pas par hasard que les mots les plus souvent prononcés par une femme mariée soient : « chez nous » ou « à la maison ». Le contenant a pris très vite pour elle plus d'importance que le contenu, de la même façon que s'habiller finit par lui paraître plus sensuel qu'être nue.

La nue-propriété, chacun sait ça, n'a jamais été très bien vue par les propriétaires ! L'usufruit des biens et des êtres leur semble naturellement consubstantiel au droit de propriété. Y compris au droit de se posséder réciproquement, dans tous les sens de l'expression...

Pourtant, les maisons et les robes s'usent. Le mariage conçu comme habit de scène ou comme habitation où l'on vit seul ensemble souffre forcément de la même dégradation temporelle et de la même dépréciation irréparable que les ceintures dorées et que le plâtre des façades. Et les femmes qui cherchent abri dans ces cocons et ces décors devront se raccrocher, tôt ou tard, à des débris de sécurité, à des lambeaux de liens, dont elles accepteront qu'ils s'effilochent de plus en plus, à mesure que la vie passe.

Celles qui disaient d'abord : « Tout ce que je demande est qu'il ne me trompe pas » se rabattent d'abord, sans fierté, sur un vœu plus bas : « Qu'il fasse ce qu'il veut, pourvu que je n'en sache rien ! » Puis la dégringolade s'accélère : « ... Pourvu qu'il vienne manger à la maison tous les soirs ! » « ... Pourvu qu'il reparaisse de temps en temps ! » « ... Pourvu qu'il ne me fasse pas trop perdre la face devant mes amies ! » Jusqu'à l'inévitable : « ... Pourvu qu'il me donne assez d'argent pour mon entretien et pour celui de mes enfants ! »

Si ce doit être fatalement ça, l'évolution normale du mariage, alors, pourquoi ne pas commencer tout de suite et plus lucidement par la fin et transformer les cérémonies nuptiales traditionnelles, avec orgues et encens, par un simple et franc contrat de vente à tempérament ? L'on renoncerait à prétendre qu'on se marie parce qu'on s'aime et se veut du bien, et l'on reconnaîtrait sans simagrées que l'on s'associe pour tenir boutique, pour faire cuire les pâtes et pour torcher avec des kleenex dernier cri le cul des bébés légitimes qui survivront à l'eau du bidet, un soir de réconciliation, après échange de récriminations fielleuses et de coups ?

Mais, au fait, n'est-ce pas le type de famille qui existe

partout, depuis la préhistoire ? C'est l'introduction du mythe (et des névroses) de l'amour dans ce schéma matérialiste qui est venu tout fausser. Puisque nous sommes conscients que l'amour que nous pratiquons est un mythe et notre hypocrisie une maladie, finissons-en donc pour de bon avec ces chimères !

Le hic, c'est qu'il n'existe qu'une façon sûre de détruire un mythe collectif et de se guérir d'hallucinations personnelles : leur opposer des réalités. Nous nous délivrerons donc du mythe de l'amour et des désordres mentaux qu'il engendre seulement si nous réussissons à inventer un amour réel, un amour réaliste.

Cet amour-là ne prétendrait à rien d'autre qu'à être, pour tous, un plaisir nouveau, une nouvelle liberté.

La liberté dont les hommes et les femmes de notre temps peuvent se montrer capables et doivent apprendre à se servir, c'est celle de reconnaître et de proclamer que le plaisir est une valeur sûre ; celle de faire de la recherche consciente et inventive du plaisir le critère de l'intelligence. Nos illusions mystiques n'ont jamais été libres : on nous y a forcés. Nos désillusions économiques et politiques ne sont pas intelligentes : nous nous étions trompés. Nous sommes libres de changer d'habitudes, de lutter contre l'ignorance. La liberté est la voie étroite par laquelle le désir aboutit à la connaissance.

Tant que l'esprit et le corps se laissent asservir, le désir ne peut engendrer que des mythes.

Mais il n'existe pas d'autre définition ontologique de la liberté que la possibilité de tout savoir. Et c'est peut-être aussi, au fond, l'ultime essence du plaisir. Celui qui saurait tout serait sans doute totalement heureux. L'ignorance, le doute, la foi et l'espoir sont ce qui nous fait le plus souffrir.

Mais puisque nous ne serons jamais complètement libres et ne connaîtrons jamais tout, nos apprentissages ne peuvent pratiquement se faire que par mutations tâtonnantes du désir — en sorte que ce que nous apprenions accroisse indéfiniment notre goût de l'inconnu et notre volonté d'aller plus loin.

Mourir au désir, c'est ne pas chercher à savoir autre chose et c'est vouloir rester à ce qu'on croit être sa place. Cesser de désirer est une façon particulièrement douloureuse de mourir jeune.

Vivre, c'est refuser de s'arrêter en chemin, dans la genèse du savoir comme dans l'action, tout en restant conscient de ne pas savoir exactement ce que l'on fait ni vraiment où l'on va. Ce n'est pas, comme on le dit parfois, aller jusqu'au bout — car il n'y a pas de bout. Il suffit d'être convaincu d'une loi, qui est celle des particules physiques autant que la nôtre : la seule manière réelle de s'égarer, c'est de s'arrêter.

C'est aussi la seule vraie perte. Nous ne perdons que ceux que nous laissons continuer sans nous. Et ne nous perdent que ceux qui nous laissent aller de l'avant sans eux.

Le meilleur moyen de ne jamais perdre serait donc de toujours aimer. L'amour, le véritable amour qui n'existe encore pas et dont seul l'érotisme peut faire une réalité sera quelque chose qui ne nous privera de rien et ne nous séparera de personne.

Cette passion-là, cette raison-là nous révélera que même le changement, même le partage, même l'absence, tout est lien. Et nous saurons ainsi, enfin, qu'aimer, si paradoxal que cela paraisse, c'est de ne pas avoir peur de perdre.

Aucun autre idéal crédible ne s'offre aujourd'hui à l'humanité, en remplacement de ses mythes morts. L'érotisme est la seule raison moderne que nous puissions trouver de nous entendre, quelle que soit notre race : le seul moyen de nous impatienter ensemble du lendemain, de nous réjouir de nos différences et de nous communiquer nos rêves.

Le seul, vraiment ? Quoi d'autre, en effet ? La vie

éternelle, la thésaurisation, la guerre ne tentent plus que des attardés. L'exploration de l'espace, c'est vrai, pourrait aussi réconcilier et faire progresser l'espèce, mais celle-ci ne s'y engagera sans doute réellement qu'après-demain. La télévision, qui constitue pour le moment la seule passion universelle, sera bientôt, à son tour, un engouement suranné. En matière d'idéologie politique, nous ne sommes plus capables de rien inventer, ni même de choisir. Je ne vois donc franchement pas d'autre issue au désœuvrement actuel de nos cerveaux que l'invention d'un amour *autre*.

Est-ce cette future cause commune que pressentent obscurément celles des femmes de mes amants qui ne sont pas jalouses ? Sans doute se rendent-elles déjà compte que je ne leur prends rien. Elles comprennent peut-être même que, des bras de l'homme qu'elles aiment, je leur tends les bras.

Lorsqu'elles ont la hardiesse de joindre leurs mains aux miennes, une peur venue du passé est vaincue. La découverte d'un nouveau monde commence.

Le nouveau soleil

Un dentiste m'a dit un jour : « Pour ceux qui n'aiment pas souffrir, l'existence peut être déplaisante. Ceux à qui souffrir fait plaisir ont une vie plus agréable. »

Cet homme était trop dépourvu de fantaisie pour que je puisse regarder cette maxime comme humour ou amour. Je ne l'ai donc plus laissé entrer dans ma bouche. Ni où que ce soit. Un gynécologue m'a naguère enseigné qu'il ne faut jamais se mettre dans le vagin ce qu'on ne se mettrait pas dans la bouche ; je suppose que la réciproque est également vraie.

Confidences mises à part, quelle sorte de credo mon ex-dentiste tentait-il de traduire dans son galimatias ? La règle d'or de l'Amicale Mondiale des Masochistes ? Ou tout bonnement la morale chrétienne ? Pour m'éclairer sur ce point, je pose aux représentants de cette morale une question qui, compte tenu de leur charité, ne devrait pas les offenser : pourquoi la religion catholique considère-t-elle la souffrance comme une sorte de placement, dont les revenus consistent en années de vie éternelle ?

Après tout, rien ne l'obligeait à tenter de faire passer la douleur pour un bien. Si elle s'était contentée de prendre acte que la vie humaine est fertile en malheurs, sans pour autant s'en réjouir, cela se serait compris. Le bouddhisme est parti d'une constatation analogue. Le second de ses trois postulats est *Dukhang,* c'est-à-dire : « Tout est douleur » (le premier étant *Aniçcang,* « Tout passe » ; et le troisième, *Anatta,* « Il n'y a pas d'âme »). Ceci constaté, toutefois, le Bouddha ne s'est pas mis à prêcher qu'il fallait regarder la souffrance comme une bénédiction du ciel, une grâce, une chance, un plaisir. Il a encore moins pensé que l'on dût s'évertuer à souffrir. Tout au contraire, après qu'une décevante expérience d'ascétisme l'eut rendu maigre et stupide, il ne s'intéressa plus qu'à trouver des moyens pour échapper à la souffrance. Il n'y a que les Pères de l'Eglise romaine à qui soit venue l'idée de nous conseiller de souffrir le plus possible, pour notre bien.

Cette trouvaille a fait école. Toute la tradition de l'Occident n'est qu'un concert d'encouragements à la macération, aux privations, à l'austérité. Laissons de côté la mystique, sujet ennuyeux et un peu ridicule, et contentons-nous d'interroger la littérature, la morale, l'éducation familiale, la politique. Leur tonalité préférée est celle de la lamentation, tout comme la recette de leur succès réside probablement dans les mauvais traitements qu'elles infligent à leurs sujets.

Puisque ces sujets sont souvent des volontaires, n'avons-nous pas raison de sérieusement nous demander si l'espèce humaine est masochiste ? La psychologie, telle qu'elle existe jusqu'à présent, ne réussit pas à nous le dire. C'est dommage. Nos tourmenteurs joueraient moins facilement avec nos idées et nos sensations si nous étions nous-mêmes un peu moins ignorants de ce que nous pensons et de ce que nous sentons. Une fois de plus, il apparaît que notre condition humiliée résulte de notre manque de savoir.

Si nous voulons passer d'un mode de vie qui nous fait mal à une existence plus agréable, il est donc urgent que nous nous informions.

La source principale du plaisir étant le sexe, il s'ensuit

que l'information sexuelle est la plus nécessaire aux progrès de notre civilisation.

Il pourrait sembler que cette condition est déjà remplie. Les libraires regorgent de manuels d'éducation sexuelle. Il existe un nombre croissant de publications périodiques entièrement consacrées à la sexualité. Le moindre magazine féminin dédie un nombre sans cesse plus grand de ses pages à des confidences ou à des conseils de séduction. Bref, comme s'en plaignent les pisse-froid, il semble que le sexe soit désormais partout.

S'il en est ainsi, pourquoi continué-je de recevoir un nombre incroyable de lettres où des hommes et des femmes éperdus me demandent si les contacts bucaux-génitaux sont susceptibles d'empoisonner ceux qui les pratiquent, ou si un homme qui fait l'amour à une femme par derrière est un pédéraste ?

Puisque ces demandeurs de conseils s'adressent à moi, ils ont dû, un jour ou l'autre, lire ce que j'écris, et probablement quelque échantillon de la littérature érotico-didactique dont je viens de parler. Eh bien, il semble que ces lectures ne leur aient rien laissé. Conclusion : la parole imprimée n'est pas une source d'information sexuelle satisfaisante.

Que reste-t-il ? L'image et le son, bien sûr. Le dessin, la photographie, le théâtre, le cinéma, la danse, la chanson, la musique peuvent fouetter nos désirs. Est-il absolument certain qu'ils nous apprennent à mieux jouir de la vie ?

Autrement dit, il n'y a pas d'espoir et il ne nous reste plus qu'à nous rallier à la sagesse de mon dentiste ? Lorsque j'entends parler tel metteur en scène à succès, telle belle femme, tels jeunes gens doués, qui ont, comme on dit, tout pour être heureux et qui pourtant ne le sont pas, je commence à me demander sincèrement si la vocation de tous les animaux, y compris nous-mêmes, n'est pas véritablement de souffrir et s'il n'est pas utopique de songer à les en arracher.

Je ne réussis pas, pourtant, moi, à renoncer à la passion de savoir. Je voudrais savoir pourquoi nous sommes ainsi faits, aussi mal faits... J'interroge donc, pour la centième fois, cette belle femme : « Penses-tu que tu sois belle ? — Oui. — Es-tu fière de ta beauté ? — Oui. — Alors, pourquoi caches-tu tes seins ? — Parce que c'est mal de les montrer. — Pourquoi est-ce mal ? — Parce que c'est indécent. — Que veut dire indécent ? — On me prendrait pour une putain. — N'aimes-tu pas qu'on te désire ? — Si. — Dans ce cas, pourquoi fais-tu tout pour qu'on ne te désire pas ? — Parce que ces choses-là ne se font pas. — Ne dois-tu faire que ce que font les autres ? — Je ne dis pas cela.— Toi, lorsque tu as envie de faire l'amour avec un homme, le fais-tu ? — Evidemment pas. — Qu'est-ce qui t'en empêche ? As-tu peur de ton mari ? Ou du qu'en-dira-t-on ? — Non ; personne ne le saurait. — Donc, pourquoi ne le fais-tu pas ? — On ne peut pas faire tout ce dont on a envie. — Si tu te passais cette envie-là, cela ferait-il du tort à quelqu'un ? — Peut-être pas, mais le remords me rendrait, moi, malheureuse. — Pourquoi aurais-tu du remords ? — Parce que j'aurais mal agi. — Eh bien, agis mal ! Ainsi pourras-tu, tout ton soûl, regretter, souffrir, pleurer, puisque tu aimes tant ça ! — De quoi parles-tu ? J'aime tant quoi ? — Etre malheureuse. — Es-tu folle ? Je ne suis pas une masochiste ! »

Vain dialogue. Enquête inutile. Le désir de savoir me dicte des questions, il ne m'apporte pas de réponse. La connaissance n'apporte jamais de réponse, elle n'apporte toujours que de nouvelles questions en réponse aux questions anciennes. Seuls les ignorants prétendent savoir.

Les ignorants et les croyants : à ceux-ci, Dieu a tout appris. Alors, pourquoi continuent-ils d'être aussi tristes ? Est-ce parce que leur Dieu est venu sur la Terre pour savoir à leur place et ne leur a rien laissé à découvrir ? Ou est-ce parce qu'il n'a pas pensé à leur enseigner la joie ? Peut-être n'en a-t-il simplement pas eu le temps : il est mort trop tôt.

Trop court, court à pleurer est le temps de Noël. Trop long, long à pleurer est le temps du Carême. Trop tristes, tristes à pleurer sont les temps du « Dies irae. »

Oui, il faut croire que les hommes sont vraiment incapables de bonheur, pour avoir condamné à la torture, au calvaire, à la croix celui qu'ils auraient pu laisser plus longtemps leur parler d'amour, celui qui faisait se lever des étoiles pour guider l'humanité vers une nouvelle naissance, celui qui prenait la défense des femmes adultères et des prostituées, celui qui changeait l'eau en vin pour que tous aient leur part de la fête...

Je viens d'écrire « il faut croire »... Mais non, il ne faut rien croire ! Il faut continuer de poser des questions, et continuer de refuser les réponses. Avant tout, il faut que nous cessions d'attendre des autres, ou d'Un Autre, la réponse aux questions que nous nous posons. Nous devons apprendre à être seuls au monde. Apprendre à y être seuls sans pleurer...

Quand nous saurons cela, nous pourrons peut-être aussi apprendre à rire. A rire seuls de notre sort mortel. A rire avec d'autres de notre désir de ne pas mourir.

Nous oublierons que nous ne savions autrefois que souffrir, que faire souffrir. Nous ne nous souviendrons plus des liens anciens qui nous faisaient mal, des mots anciens qui faisaient mal aux autres, des étoiles anciennes qui nous faisaient quitter ceux que nous aimions. Nous ferons de nouveaux rêves. Nous serons éveillés par de nouveaux soleils. Nous attendrons tous ensemble que le jour se lève, nous qui n'étions capables que d'attendre chaque matin que la nuit vienne. Nous serons nouveau-nés.

Fin d'un sens interdit

Le quartier de la ville où j'habite ressemble à tous les autres : le plus clair de sa décoration consiste en signaux de circulation : « Stationnement prohibé », « Sens interdit », « Sens unique ». Une rue, toutefois, connaît un sort différent. Elle est courte mais large : quatre voitures peuvent aisément y passer de front. Malgré cette facilité d'utilisation, cette rue, depuis que je la connais, a toujours été soumise au « Sens unique ». Du moins, telle était l'intention de l'autorité qui y a fait placer des plaques aux deux bouts. Mais les automobilistes en ont décidé autrement : chaque jour, d'innombrables voitures y circulent dans les deux sens, superbement ignorantes des amendes qui les guettent.

Ce comportement du public m'a intriguée, pour deux raisons. D'abord, dans toutes les autres rues de mon quartier qui sont, elles aussi, à sens unique, personne ne semble songer à violer la réglementation. La petite rue dont je parle est la seule où les injonctions de la municipalité soient tenues pour négligeables.

Deuxième motif d'étonnement : cette rue passe devant un commissariat de police ! « Passe » est même trop peu dire : l'énorme bâtisse de ce commissariat en occupe pratiquement toute la longueur. Ce qui signifie que les centaines (ou milliers, je ne sais) de contrevenants qui roulent quotidiennement en sens interdit le font au nez et à la barbe des agents de police qui, de la porte et des fenêtres de leur bureau, contemplent ces infractions, sans d'ailleurs lever un doigt pour les prévenir ou les réprimer.

J'ai longtemps essayé de comprendre pourquoi ces fonctionnaires n'accomplissaient pas leur fonction, mais je n'ai jamais osé le leur demander. J'ai supposé que c'était parce qu'il y avait trop de contrevenants. Si une ou deux voitures seulement s'étaient risquées chaque jour dans le sens interdit, les gardiens de la loi l'auraient sans doute arrêtée et auraient dressé procès-verbal à son conducteur. Mais devant cent, mille délinquants, les bras du pouvoir devaient lui en tomber.

Je viens de conjuguer mes verbes au passé. En effet, la situation que je décris ci-dessus a abruptement changé. Ce matin, j'ai vainement cherché des yeux le panneau rouge à barre blanche que je voyais depuis des années : il n'y était plus. Quelqu'un l'avait-il démoli, volé ? La curiosité l'a finalement emporté sur ma timidité. Un policier flânait par là. Je lui ai demandé ce qui était arrivé au poteau.

« Nous l'avons retiré, m'a-t-il répondu. Pour sauvegarder la dignité de la loi. Puisque personne n'acceptait de se conformer à ce sens unique, il ne nous restait plus que renoncer à interdire. »

Quels miracles peu communs se produisent donc dans mon quartier ? Deviendrait-il, d'aventure, le premier de la ville (du pays, du monde ?) où la démocratie s'installerait ? Car que signifie démocratie, sinon un régime où le peuple décide de la loi ?

Lorsque, par un étrange consensus, les automobilistes s'accordaient à juger que le sens unique de cette rue était absurde et refusaient de le respecter, ils faisaient acte de rébellion, certes, mais était-ce par manque inné de civisme, par goût de l'anarchie ? Il faut croire que non, puisque, au carrefour suivant, ils acceptaient docilement de tourner dans la direction que leur indiquait la pancarte.

Dans ce dernier cas, ils reconnaissaient que l'interdiction édictée par leurs édiles servait à quelque chose, leur évitait de plus graves inconvénients. Ces individus n'étaient donc pas des trublions systématiques, des terroristes, des nihilistes, insurgés contre l'existence même de la loi : ils étaient des citoyens conscients, estimant avoir le droit de juger la loi.

L'autorité a, dans ce cas, reconnu que le dédain collectif d'une loi mauvaise rend la loi caduque. Toutefois, si cet exemple était unique, il serait peu intéressant ; mais le retrait de ce petit panneau rouge et blanc n'est pas le seul signe d'une croissante soumission du pouvoir à l'opinion que j'ai eu l'occasion de constater récemment. Je me souviens d'avoir déjà signalé* une déclaration du Général de Gaulle, à laquelle ses partisans et collaborateurs se sont gardés de donner la publicité qu'elle méritait (bien que ces paroles aient été prononcées lors d'une conférence de presse, à l'Elysée, le 21 février 1966). L'ancien Président de la République française a dit, ce jour-là : « Rien ne peut faire qu'une loi s'impose sans amendement, quand elle n'est plus en accord avec les mœurs... Il faut alors adapter la loi aux données nouvelles, sans quoi les textes, vidés de leur substance, ne seront plus, le cas échéant, que de vains papiers d'archives — à moins que ne se produise une rupture brutale entre ces forces désuètes et les vivantes réalités. »

Quelques années plus tard, cette philosophie peu commune, jusqu'à présent, dans la bouche des hommes d'Etat a été spectaculairement mise en pratique... mais par le Bundestag, lorsque les députés allemands ont décidé, le 7 juin 1973, d'abolir toutes les mesures pénales qui frappaient auparavant la pornographie en République fédérale.

« Cette mesure, a expliqué l'un des législateurs allemands, Schoeller, revient à adapter la loi aux

* *L'hypothèse d'Eros*, Filipacchi, 1974.

usages et à la morale en vigueur. » Le ministre de la Justice Gerhard Jahn, qui présentait ce projet de loi avait lui-même justifié comme suit son initiative : « Il faut laisser au citoyen pleine liberté de décider comment il doit se comporter sexuellement. Les vieilles normes pénales sont devenues indignes de crédibilité et donc contre-productives. »

Depuis lors, ailleurs dans le monde, la volonté des citoyens a imposé nombre de réformes qui répugnaient à la classe politique de leur pays et auxquelles les dirigeants ne se seraient jamais résolus, si la pression de l'opinion ne les y avait contraints. En France, par exemple, la contraception d'abord, l'avortement ensuite ont été légalisés. Une loi a changé la procédure du divorce, parce que le droit et l'usage avaient eux-mêmes depuis longtemps divorcé. Les époux qui voulaient mettre fin à leur mariage se sont toujours entendus pour jouer une « comédie judiciaire », qui assurait la bonne conscience des tribunaux, mais que le gouvernement et le Parlement ont finalement reconnue comme préjudiciable à la « dignité de la loi », pour reprendre la formule de mon policier. L'Etat s'est donc résolu à rendre enfin la loi conforme aux mœurs.

De même, en Italie, le référendum de mai 1974, par lequel 66 % de la population s'est prononcée en faveur du divorce, a imposé à une classe dirigeante rétrograde la volonté du pays réel. La contraception s'était déjà introduite dans le droit par le biais d'une interprétation constitutionnelle qui était, en réalité, une reddition camouflée aux exigences de la population. Cette année, dans ce pays échappé au pape, l'avortement cessera, pour les mêmes raisons, d'être un délit.

Des lois qui semblaient bâties sur le roc et devoir durer pour l'éternité ont ainsi cédé au ridicule, çà et là, dans le monde : à cause de cette lente évolution, l'homosexualité, l'adultère, l'inceste, la liberté d'expression artistique font déjà moins peur.

Mais l'oppression du passé reste encore infinie. Dans beaucoup de pays, les femmes sont loin d'avoir pleine et entière liberté de choisir le nombre de leurs enfants. Il leur faut, pour mettre fin à une grossesse non désirée, présenter des excuses, solliciter la permission d'un médecin, risquer la prison. Les moyens mécaniques ou biochimiques de contrôler la fécondité restent souvent difficiles à obtenir, surtout pour les jeunes gens. De surcroît, une propagande manieuse de mensonges à masque scientifique s'acharne à discréditer l'usage de la pilule. Beaucoup de femmes n'osent pas la prendre, parce qu'elles se sont laissé persuader par des charlatans officiellement tolérés (ou encouragés) que cette médication hormonale était cancérigène (c'est le contraire qui a été prouvé vrai) ou causait des embolies (moins que le bœuf bourguignon).

Exiger l'abolition de lois surannées et qui nous rendent malheureux ne nous est donc possible que si nous conquérons d'abord notre droit à une information exacte. Les minorités au pouvoir savent bien que la volonté du peuple ne leur laisserait pas une chance de maintenir leur hégémonie. Mais cette volonté ne peut pas se former tant que le peuple reste ignorant de la vérité. L'imposture constitue l'arme principale de la domination.

Nous acceptons de nous soumettre à de mauvaises lois non parce que nous avons peur de nous rebeller, mais parce que nous ne savons pas qu'elles sont mauvaises. Dès la minute où l'évidence de leur malignité nous frappe, nous sommes prêts à tous les courages. Les automobilistes suivent généralement les sens uniques parce qu'ils sont convaincus que, sans cette contrainte, pourtant très gênante, la circulation urbaine serait paralysée. Mais lorsqu'une interdiction est manifestement inutile, injustifiable, comme celle qui affectait ma petite rue, ils ne la tiennent pas pour respectable. Même la présence de la police au cœur de la zone taboue n'intimide pas ceux qui prennent conscience d'une sottise et d'une injustice.

La plupart des interdits sexuels ne sont encore acceptés par nos contemporains que parce qu'une immense majorité reste inconsciente de la sottise et de l'injustice de ces règles. Des milliards d'hommes et de femmes se laissent tourmenter par des absurdités morales, des bienséances sociales et des survivances légales qui traitent le plaisir sexuel comme un mal, l'amour comme un danger et le bonheur comme une utopie condamnable. Ils se laissent faire, parce qu'ils croient eux-mêmes à ces mythes. Ils y croient parce qu'une éducation familiale et nationale organisée en vue de la conservation des privilèges et de la hiérarchie les a formés à la crédulité et à la résignation.

La liberté sexuelle ne sera pas le fruit d'une révolution violente, pas plus que les humains n'apprendront à s'aimer à coups de loi ou de cravache. L'apprentissage de la liberté et la formation du jugement vont de pair : l'intelligence ne se divise pas.

Tant que notre espèce continuera de croire que l'intelligence, la compréhension des autres et le bonheur ne sont pas possibles en ce monde et qu'il lui faut attendre, pour avoir sa chance, les aléas d'une autre vie ; tant que les femmes continueront de croire que leur destin est entre les mains des hommes et vice versa ; tant que les hommes et les femmes s'imagineront que leur plaisir repose sur une appropriation réciproque ; tant que les couples feront dépendre leur harmonie et leur durée du soin qu'ils mettent à fermer sur eux la porte de la jalousie et à exclure de leur lit tout visiteur de passage ; tant que les amants passeront plus de temps en calculs prudents qu'en recherches audacieuses ; tant que tout le monde mettra son orgueil à « ne pas vouloir savoir », la vie restera pour nous ce qu'elle est à présent : un sens interdit.

N'attendons cependant pas que nos maîtres ou nos aînés nous instruisent ! Notre liberté ne servirait pas leur intérêt. L'éducation n'est pas conçue pour que les enfants soient plus intelligents, plus imaginatifs, entreprenants et gais que ne le sont leurs parents : la supériorité d'une nouvelle génération ferait honte à l'ancienne. Les vieux préfèrent pouvoir dire : « De mon temps, les choses allaient mieux. » Pour s'assurer qu'elles n'aillent pas encore mieux demain, ces anciens veillent à ce que leur descendance n'en sache pas plus long qu'eux. L'éducation est une conspiration destinée à perpétuer l'ignorance.

Un nouvel âge n'a donc la chance d'apprendre que s'il s'instruit lui-même. Les sources d'information officielles sont gardées comme les portes d'une banque. Ce n'est donc pas dans leurs coffres qu'il nous faut aller chercher fortune. Il ne nous reste d'autre possibilité que l'expérience.

Les premiers hommes, ceux qui ont inventé le feu, la danse, le baiser, le soixante-neuf et les chansons d'amour, ne sont pas allés en mendier le secret à leurs professeurs : ils ont trouvé ces idées tout seuls, par hasard, à force de frotter des bouts de bois ou des silex, des lèvres et des sexes, des roseaux et des peaux séchées. Ne nous préoccupons donc pas de savoir quelle « éducation sexuelle » daigneront nous dispenser, quand il leur plaira, ceux qui ont avantage à ce que nous jouissions et aimions le moins possible (parce que le plaisir et l'amour rendent inapte au pas cadencé et au maniement du fusil-mitrailleur). Tâtonnons de nous-mêmes, selon nos idées et nos fantaisies du moment, sans accepter la légitimité d'aucune barrière, d'aucune habitude, d'aucun schéma régulateur dans la ville inconnue, vierge, inexplorée qui est notre corps, cerveau inclus. Cerveau surtout !

L'érotisme nous viendra un jour de là. Le reste suivra, comme suivent les législateurs et les policiers, quand le peuple se mêle d'avoir lui-même une idée. Que notre cerveau prenne enfin le commandement de nos corps et notre vie sensuelle cessera de tourner bêtement en rond, de sens uniques en sens interdits !

Délinquante ou nymphomane ?

La médecine et la criminologie sont l'une et l'autre à la mode. Ce qui est mauvais pour elles et pour nous ; car l'attachement aux objets de la mode empêche de juger sainement.

De fait, s'il est de bon ton, aujourd'hui, de se faire soigner, il est de meilleur ton encore de dire du mal des médecins et des médicaments qu'ils vous prescrivent. Et la société a toujours été déchirée entre la peur des criminels et la peur des juges. Cette contradiction n'est pas une des moindres raisons de son déséquilibre, de son insatisfaction et de son mauvais fonctionnement. Peut-être ces défauts viennent-ils surtout du fait que nous ne savons pas très bien ce qu'il faut appeler maladie et ce qu'il faut appeler crime : si bien que nous nous en remettons finalement à la mode pour décider de cette attribution.

L'on sait assez les contestations que suscite, à cet égard, la catégorie que tout le monde croit connaître et étiquette « folie ». Toute une école d'antipsychiatres s'élève, de nos jours, contre les définitions admises. En fin d'analyse, les plus sérieux en viennent à suggérer que personne n'est fou, ou, ce qui revient au même, que nous le sommes tous. Ce qui range tel individu, à une époque donnée, dans la classe des fous n'est pas un jugement objectif, scientifique, mais le consensus de la majorité : autrement dit, là encore, une mode. A une autre époque, les rôles de fou ou de sain d'esprit seraient inversés.

Si répandu que soit ce concept, il n'entraîne nullement les spécialistes et la foule à un réflexe de prudence. L'on continue allégrement de tenir pour anormaux ceux qui ne ressemblent pas à tout le monde et, si l'occasion s'en présente, on les enferme ou on les exclue. Si ces fous bénéficient de la tolérance parfois accordée aux artistes, c'est parce que l'art, au sentiment du plus grand nombre, est une folie qui excuse toutes les autres. A moins qu'un artiste se distingue vraiment un peu trop de ses congénères : auquel cas, l'éternelle question se pose : faut-il le traiter en dément ou en criminel ? Avoir pitié de lui et le soigner ou, au contraire, le punir ?

Les victimes prédestinées de cette sollicitude sont naturellement les artistes érotiques, c'est-à-dire les écrivains, les cinéastes qui proposent au public une notion de l'amour qui n'est pas celle à laquelle ce public est habitué. En effet, le mot « érotique » a subi une curieuse évolution. Autrefois appliqué à la poésie galante, il a fini par se voir refuser son sens de synonyme d'« amoureux », pour se voir attribué celui de « attentatoire au sentiment commun de la pudeur » : autant dire de délit.

J'ai déjà eu l'occasion de dire que je trouvais cette évolution heureuse : en effet, elle rend l'érotisme au domaine de l'art, car tout art devrait être un attentat aux mœurs établies. Un art qui rassure, un art qui confirme ses spectateurs dans leurs habitudes de pensée, dans leur manière de voir est un art inutile. La fonction utile de l'art est d'apporter de nouvelles visions, d'obliger les hommes à oser des idées et des images inusitées.

Cette fonction est dangereuse. La nouveauté fait toujours peur et la peur inspire à ceux qui la ressentent des réactions punitives. Les artistes ne seront jamais en sécurité dans le monde.

Les périls qu'ils courent varient selon les temps. A la pire époque, on les pendait ou les brûlait. Aujourd'hui, on ne les condamne qu'à des peines moins irréparables : la prison ou la ruine. Mais surtout, l'on essaie de les déconsidérer, en les rendant odieux ou ridicules.

A ce point de mon propos, je vais renoncer à ma règle, que mes lecteurs connaissent bien, et qui consiste à parler le moins possible de moi. L'exemple d'agression de la société contre un écrivain qui l'inquiète, exemple que je vais maintenant citer, en effet, me concerne. Si je me résous à le rapporter, c'est surtout parce qu'il est plus amusant qu'effrayant. Mais c'est aussi parce qu'il illustre assez bien le procédé sournois qui consiste à tenter de rendre ridicule quelqu'un dont on n'ose pas dire à haute voix qu'on le déteste.

Il y a quelque temps, un « cocktail-débat » (cette appellation situe déjà l'affaire sur le plan du snobisme) a été organisé à Paris sur le thème « L'érotisme, crime ou libération ? » Le titre même de cette manifestation est déjà révélateur ! La nature de l'organisme auquel en revient l'idée ne l'est pas moins : il s'agit de la « Société internationale de prophylaxie criminelle », fondée et dirigée par d'éminents hommes de loi.

L'on jugera de ma surprise lorsque j'ai reçu une invitation à participer à ce débat. La raison en était que ses promoteurs n'avaient rien imaginé de mieux que d'axer leur « recherche » sur le sujet suivant : « Emmanuelle est-elle une femme normale ou une anormale ? » Aimable, n'est-ce pas ? J'ai naturellement refusé de me rendre devant ce « tribunal » et me suis contentée de lui adresser une lettre ironique, qui a été lue devant la docte assistance et qui a été très sévèrement jugée par ces messieurs et dames bien-pensants.

L'essence de cette lettre était la suivante :

« Je ne saurais contribuer à votre débat, car j'ignore ce que c'est qu'une femme *normale*, ou un homme *normal.* Je n'ai pas honte de cette ignorance, car elle me place en bonne compagnie. En septembre 1969, une centaine des plus grands noms de l'anthropologie mondiale se sont réunis au siège de l'Unesco, à Paris, dans l'intention de s'entendre sur l'origine de l'« homme moderne » (terminologie de dernière mode pour désigner l'ex-*homo sapiens*). Ces savants authentiques n'ont même pas pu réussir à définir ce qu'était l'homme ! Ils se sont donc mis d'accord sur un seul point : dans l'état actuel des connaissances, il n'est pas possible d'énoncer ce qu'est la *norme humaine.* L'être humain défie toute classification.

Ceci est l'opinion des hommes de science. Ce n'est évidemment pas celle des hommes de loi : pour ces derniers, tout peut et doit être rangé dans une catégorie. Et tout individu qui n'est pas exactement conforme au standard de la catégorie ainsi créée est appelé anormal.

Il se trouve que je préfère me fier à l'ignorance des savants qu'à l'omniscience des gens de loi. Et que je me trouve plus en sécurité parmi les premiers qu'au milieu des seconds : ceci explique mon absence.

Mais, puisque vous m'avez fait l'honneur de me poser une question, je souhaiterais que vous m'autorisiez à vous interroger à mon tour.

D'abord, par exemple, veuillez m'éclairer sur un point : naît-on anormal ou le devient-on ? Si on le devient, doit-on cette évolution à la mauvaise nature dont le Ciel nous a dotée, ou à la mauvaise société dans laquelle la malchance nous a placée ?

Si le goût d'aimer autant qu'on le peut, autant d'hommes et de femmes qui paraissent dignes de l'être, si ce goût, que vous flétrissez du nom d'érotisme, vous paraît criminel, dites-moi encore ceci : est-il inné ou est-il acquis ? S'il est inné, avez-vous le droit de le condamner, davantage que ne sont passibles des tribunaux les obèses ou les bègues, les boiteux et les daltoniens ? S'il est acquis, d'où vient-il à ceux qui le ressentent, sinon de la culture ? Et n'est-ce pas au nom de la culture que vous prétendez parler ?

Oui, je sais : vous ne voulez pas que d'autres dépassent le degré de culture que vous avez vous-mêmes atteint. Et, parce que vous n'êtes pas personnellement capables de cet amour-là, vous l'interdisez aux autres. Il est criminel d'aller plus loin que vous, de sentir plus que vous, de jouir plus que vous, de penser mieux que vous, d'oser autre chose que vos hypocrites hardiesses. Ce que vous appelez la normale, c'est le fait de connaître sa place et d'y rester — cette place étant partout et toujours derrière vous.

Il est vrai, vous n'êtes pas, Messieurs et Mesdames, des juges : vous êtes des criminologues ; non, je me trompe : vous voulez inventer une « prophylaxie criminelle ». Vous êtes des officiers de santé, vous rêvez de vous conduire en médecins, non en flics.

Fort bien. Alors, sachez encore ceci. Un vrai médecin ne se préoccupe pas de savoir si son patient est normal ou non : il cherche à savoir s'il souffre ; s'il est menacé de déclin physique ou de mort. Et il essaie de soulager sa souffrance, de retarder son vieillissement et sa fin.

Quelqu'un qui a appris à jouir mieux que d'autres souffre-t-il ? Quelqu'un qui est capable d'aimer plusieurs hommes ou plusieurs femmes en même temps et de s'en faire aimer souffre-t-il ? Quelqu'un qui s'est débarrassé des angoisses et des tortures de la jalousie souffre-t-il ? Quelqu'un qui se réjouit du plaisir de qui il aime souffre-t-il ? Non ? Alors, ne vous mêlez pas de venir le soigner.

Mais ce ne sont pas les malades qui vous intéressent, ce sont les maladies. Et vous avez déjà trouvé le nom de celle dont, selon vous, Emmanuelle est atteinte : c'est la nymphomanie !

Emmanuelle nymphomane ? La faire déclarer telle par une assemblée de docteurs compenserait évidemment l'échec connu par le pouvoir à tenter de faire d'elle une délinquante (délit d'obscénité), ou celui subi par les bien-pensants et les refoulés à vouloir la faire passer pour une putain. Entreprise absurde ! Car la définition de la nymphomanie, comme celle de toute maladie, est qu'elle est une souffrance : elle est une course désespérée après un orgasme qui se dérobe. Or, je ne sache pas qu'Emmanuelle ait, une seule fois de sa vie, fait l'amour sans jouir. Et je ne crois pas que jouir la fasse souffrir...

Tenez, parce que je suis comme elle, je vais m'efforcer de vous faire plaisir : je réponds oui à votre question ! Emmanuelle est anormale. Elle est anormale dans une société où la norme est l'envie, la frustration et la haine. Elle est anormale au milieu d'êtres qui acceptent de se priver de plaisir pour pouvoir en priver également les autres. Elle est anormale parce qu'elle veut changer : se changer elle-même et changer la vie.

Vous, Messieurs et Mesdames les membres du jury, êtes normaux. Vous êtes de ceux qui avez inventé les astres immobiles autour de la terre, suspendus éternellement par le doigt de Dieu dans l'éther immuable. Vous avez refusé de croire à l'Evolution, maudit Darwin après Galilée. Vous avez honte d'avoir été algue, amibe, poisson, singe avant d'être homme et vous êtes terrifiés à l'idée que cet animal mutant pourrait devenir encore autre chose. Vous avez institué pour vous rassurer l'héritage, les biens de main-morte, le conformisme, l'ordre social et clérical, l'armée, la religion, l'éternité. Pour figer l'humanité dans l'invariance mortelle dont vous rêvez, vous disposez de la force du nombre, de la force des armes, de la force des lois, de la force politique, de la force morale. Et vous avez encore peur ! Tout mouvement vous paraît contre nature, alors que la Nature est tout entière mouvement. Votre royaume n'est pas de ce monde. Reposez-y en paix ! »

Tous hommes et filles de joie !

Une bonne part de ma mauvaise réputation vient de la constance que je montre à prendre la défense des prostituées. Les bien-pensants, je n'en doute pas, me pardonneraient pourtant cette prédilection, si je l'exerçais par esprit de « charité chrétienne », attendrie par ma propre bonté, comme jouissent discrètement les bons Samaritains en ramassant leur victime dominicale, les mystiques publics en pansant leur lépreux devant les caméras de télévision, ou le confesseur égrillard en massant fermement l'âme d'une pécheresse. Mon cas n'est pendable que parce que je soutiens que la prostitution n'est pas toujours et partout un mal, ni un malheur, ni la maladie sociale que l'on prétend.

Dans notre système tribal, les tabous du langage sont plus inviolables que ceux de la conduite. Personne ne jette vraiment la pierre à l'homme qui recourt aux bons offices d'une courtisane, pourvu qu'il ne s'en vante pas, ou qu'il en parle en ricanant, et qualifie de « pute », de « pauvre fille », la femme qui vient de lui accorder le plaisir qu'il lui demandait.

Cette injustice-là n'est pas seulement permise, elle est obligatoire. Si la prostitution est une tare à mes yeux, c'est à cause de l'hypocrisie avec laquelle on la traite, bien plus que par son existence même. La prostitution n'a jamais constitué un problème dans les civilisations qui n'en avaient pas honte et où elle était tenue en honneur.

Il est d'usage, dans certains milieux, de se montrer « compréhensif » envers ce phénomène, parce que « les hommes en ont besoin ». Peut-être pourrait-on se demander si certaines femmes, elles aussi, n'ont pas, physiquement et psychologiquement, « besoin » de la prostitution. Mais cette question est frappée d'un tabou majeur. La poser est regardé comme plus insultant pour la dignité féminine que de tenir pour acquis que les femmes ne se prostituent que par inclination naturelle à la délinquance ou par strict goût de l'argent.

La morale, le droit et l'opinion publique refusent avec une égale panique d'admettre que des femmes puissent se prostituer *parce que cela leur plaît.* Lorsque je me suis risquée à dire qu'il arrivait (et plus souvent qu'on ne le croit) à nombre de mes contemporaines de se prostituer *par plaisir,* j'ai reçu les lettres d'insultes les plus délirantes de ma collection. Cette affirmation rentre dans la catégorie des choses qui ne doivent être proférées à aucun prix.

J'ai pourtant connu des jeunes filles, ravissantes, intelligentes, cultivées, qui tremblaient à l'idée d'être recalées à l'examen qu'allait leur faire passer Madame Claude (ou telle équivalente « maquerelle de luxe »), avec le même mélange d'appréhension, d'excitation enfantine et d'espoir que ressent une candidate à un rôle, avant de se présenter à un metteur en scène renommé.

Mieux même : je connais (et ne suis pas la seule à les connaître !) plusieurs aspirantes starlettes qui ont délibérément laissé tomber la carrière d'actrice pour se consacrer à plein temps à celle de « call-girl » (la réciproque étant également vrai, comme tout un chacun le sait et telles grandes actrices n'ont pas honte de le laisser savoir).

Tout cela pour l'argent ? Dans une certaine mesure, oui ; mais pas *seulement* pour cela. Pour l'acteur, aussi, l'argent compte, mais il ne lui suffit pas. Le plaisir de jouer ; le plaisir de se sentir en situation de représentation et de gloire ont plus de prix encore que le cachet. Pour ne rien dire du plaisir tout court...

Les « jeunes filles » de Madame Claude sont-elles, dans le monde de la prostitution, des exceptions ? Certes, elles représentent une sorte d'élite, mais la mentalité de leurs consœurs moins privilégiées n'est pas toujours forcément différente de celle que je viens de citer. Prétendra-t-on que les milliers de prostituées qui se sont barricadées, en juin 1976, dans des églises de Paris, Lyon, Marseille et autres grandes villes de France se sont livrées à cette agitation de type revendicatif et pratiquement syndical par simple entêtement masochiste ou parce que leurs souteneurs les y contraignaient ? Ont-elles écrit à Valéry Giscard d'Estaing pour lui demander de les délivrer de leur « servitude » ? Nullement ! Elles ont réclamé avec beaucoup de panache et une éloquence digne de l'héritage littéraire national que leur soit reconnu légalement le droit d'exercer en toute liberté et sécurité l'activité de leur choix. Un métier qui *leur plaît* plus qu'un autre. Et elles ont sommé leur élu de se conduire « en président des prostituées et non seulement en président des autres Français ».

Belle apostrophe civique, qui trouvera, je l'espère, sa place dans les futurs manuels d'histoire scolaire ! Ces héroïnes valent bien, me semble-t-il, Charlotte Corday et tant d'autres manieuses de couteau de cuisine, consacrées par une société qui honore le sadisme politique et se montre incapable de pratiquer une politique du plaisir : la seule, pourtant, qui serait authentiquement au service du peuple.

Le gouvernement français a répondu, on le sait, à ce brillant défi en lançant contre les protestataires ses meutes de chiens policiers. Pour mater les prostituées, il faut croire que les hommes seuls ne se seraient pas sentis à la hauteur. Ils ont dû faire appel à des bêtes.

L'on a beaucoup remarqué que le clergé des églises occupées et les évêques se sont gardés d'intervenir contre les ouailles inattendues qui bivouaquaient ainsi devant les autels. Je ne suis pas qualifiée pour gloser sur les relations ancestrales qui existent entre la prostitution et le sacré. Je me bornerai à suggérer que la prudence montrée, dans cette circonstance, par les représentants de l'Eglise résulte plus probablement d'un ancestral sens de l'opportunité. Me fiant à ce flair ecclésiastique, j'en déduis que la prostitution est plus que jamais « dans le vent ». Et, bien que sachant que je scandalise un grand nombre de mes amis (et fournis des armes inespérées à mes ennemis), je m'en réjouis.

Pourquoi mes amis s'indignent-ils de ma prise de position ? Pour des raisons que je respecte, mais que je refuse. Ces raisons, ils me les expriment ainsi : la philosophie de l'amour libre et total, de l'amour intelligent, de l'amour généreux et désintéressé que je défends est incompatible avec le concept même de prostitution, car celui-ci est fondé sur l'insincérité, la simulation, la cupidité*.

En logique pure, ils ont raison. Mais je ne me suis jamais nourrie d'abstraction. L'amour que j'appelle de mes vœux n'existe pas encore. Qui pis est, il ne pourra jamais exister *pour tous*. Beaucoup resteront toujours désespérément incapables de le pratiquer ; beaucoup d'autres n'auront pas la chance physique ou sociale d'y participer. Pour tous ces démunis-là, les bras d'une prostituée continueront de valoir mieux que pas de bras du tout.

Il faut croire, disais-je tout à l'heure, que les temps changent, et pas seulement parce que des prêtres savent retrouver les paroles de Jésus pour Marie-Madeleine.

---

* Je préfère, personnellement, parler d'hétérogénéité des prestations (voir « Paiement en nature », dans *Mon Emmanuelle, leur pape et mon Eros*, Christian Bourgois, 1974).

Un journal comme *Le Monde* n'est peut-être pas le porte-parole attitré du conformisme bourgeois, mais il ne viendrait pourtant à personne l'idée d'attendre de lui une sympathie de principe pour la prostitution. Je n'en ai donc été (comme la majorité, je suppose, de ses lecteurs) que plus éberluée, lorsque j'y ai trouvé en première page, le 6 juin 1975, sous le titre « La plus grande misère » et sous la signature d'un de ses chroniqueurs politiques (Bertrand Fessard de Foucault), l'analyse suivante, que j'aurais volontiers eu plaisir à signer moi-même :

« Le cœur et l'âme sont — ici-bas — un corps, avide de sentir, d'envelopper et d'être enveloppé. (...) Condamner, rançonner (...) est une bassesse de plus dans une société qui n'en est plus à une près. (...) Je sais que des gens meurent affectivement de n'être pas tutoyés, embrassés, regardés comme des êtres normaux et de chair. Alors, je demande si ces femmes — à Lyon aujourd'hui, mais hier et demain ailleurs — n'ont pas raison de réclamer quelque sécurité, quelque considération même dans l'emploi que la société leur fait, faute d'inventer d'autres structures familiales ou de vie collective, faute de proposer plus de bonheur, plus de liberté, plus d'audace dans la recherche de l'autre et de soi. »

Lisant cela, j'avais l'impression de me relire : étrange expérience, lorsqu'elle vous vient d'un journaliste politique dont les thèses ne m'avaient pas, jusqu'à présent, procuré d'émotion aussi personnelle ! Mais il faut croire que je l'avais mal jugé (ou que, décidément, les esprits évoluent), car il écrit encore :

« Notre « société libérale avancée » fait de chacun de nous des êtres doubles, réclamant pour autrui, contre autrui, une morale et des règles que souvent nous expérimentons comme inapplicables à notre propre angoisse du bonheur. (...) Je crois que les « belles de nuit » lyonnaises, dont le métier est de nous regarder dans les yeux et sans équivoque, crient pour beaucoup plus que leur intérêt personnel. (...) Les nantis peuvent les ignorer ou ricaner. Les assoiffés, même quand, en d'autres temps, par éducation, par conformisme, ils auraient détourné convenablement la tête, devraient — oui, devraient — se reconnaître dans ce combat. Je le crois plus moral et plus vrai que bien d'autres. »

Eh bien ! Je vais pouvoir me retirer, la relève est prête ! Je renvoie à cet homme convenable (et honnête) ceux de mes amis qui me tannent de leurs beaux scrupules. Et, quitte à les dérouter une dernière fois, je m'associe plus allégrement encore à cet autre rédacteur du *Monde* (que tous connaissent et apprécient pour sa sagesse et son humour), le professeur Robert Escarpit.

Dans son billet « Au jour le jour » du 7 juin 1975, après avoir rappelé que « au Mexique, naguère, on leur donnait le joli nom de *mariposas,* c'est-à-dire de papillons », ce moraliste souhaite que la loi ait envers les prostituées une seule exigence : qu'elles contribuent à l'amélioration, et non à la détérioration, de l'environnement. « Une jolie fille dans la rue est agréable, quoi qu'elle y fasse, conclue-t-il. C'est au ministre de la Qualité de la vie de s'en occuper : s'il conçoit bien son métier, il n'est au fond lui-même qu'un homme de joie. »

Lorsque les filles de joie cesseront de nous apparaître différentes de nous, ce sera bon signe : c'est que nous aurons nous-mêmes acquis ce qui aujourd'hui nous manque le plus : la joie de vivre. Alors, elles aussi peut-être, comme moi, pourront se reposer.

Un monde sans clitoris

Maureen n'a plus de clitoris. Elle a accepté que son amant le lui fasse couper. Pour plaire à l'homme qu'elle aime, elle a consenti à ne plus jamais jouir.

Partout dans le monde, certes, beaucoup de femmes sacrifient leur plaisir au plaisir d'un autre (ou d'une autre). Beaucoup d'hommes aussi, d'ailleurs. Généralement, néanmoins, ils ne poussent pas cette abnégation jusqu'à se soumettre à une mutilation physique. Du moins, c'est ce que je croyais, jusqu'à ce que je rencontre Maureen. Désormais, je n'en suis plus aussi sûre.

Maureen est irlandaise. Elle vit à Singapour. Ni en Irlande ni en Asie du Sud-Est, que je sache, il n'est pourtant d'usage que l'on coupe les clitoris...

— C'est vrai, a-t-elle convenu. Mais j'ai connu mon amant en Syrie. Là, cela peut se faire.

— Ou cela *doit* se faire ? ai-je tenté d'élucider.

Je n'ai pas très bien compris si Maureen faisait état d'une tradition nationale ou exprimait une conviction personnelle, lorsqu'elle a répondu :

— C'est *bien* de le faire.

J'ai insisté :

— Dans ton cas, que s'est-il passé ? C'est ton amant qui l'a exigé ?

— Pas exigé. Il m'a simplement dit qu'il serait content que je n'aie plus de clitoris.

— Pour obéir aux convenances de son milieu, à la morale de ses ancêtres ? Par conformisme imbécile ?

— Absolument pas. Il est tout à fait indépendant d'esprit, cosmopolite d'éducation et très moderne dans ses idées. Et pas du tout puritain, je t'assure. C'est l'homme le plus sensuel que j'ai connu : depuis sept ans que je suis à lui, il continue de me faire l'amour plusieurs fois par jour.

— Et il y trouve de plus grandes satisfactions depuis que tu n'as plus de clitoris ?

— C'est normal.

— C'est absurde. Il avait purement et simplement peur que tu lui sois infidèle. En te rendant frigide, il a pris une précaution de jaloux, c'est tout.

— Tu ne le connais vraiment pas : il est tout le contraire de jaloux. Il me fait coucher avec d'autres.

— Il te prostitue ?

— Non, il ne m'offre qu'à ses amis. Gratuitement.

— Il ne te prêtait pas, avant de t'avoir fait exciser ?

— Si. Il l'a toujours fait. Dès le début de nos relations.

— Après t'avoir demandé ton consentement ?

— Naturellement.

— Tu aimes qu'il te prête ou cela t'ennuie ?

— Je suis heureuse qu'il soit fière de moi.

— Et lui, apprécie-t-il le plaisir que tu procures à ses amis ?

— Beaucoup. Il est content que je les fasse bien jouir.

— Pourvu que tu ne jouisses pas toi-même !

— Pour moi, jouir n'est pas important.

— Quand tu avais encore ton clitoris, tu ne jouissais pas ?

— Si.

— Chaque fois que tu faisais l'amour ?

— Oui. Très fort, même.

— En avais-tu honte ?

— Honte ? Non. Pourquoi ?

— Puisque tu as voulu y renoncer.

— Ce n'est pas moi qui ai eu cette idée. Mon amant m'a expliqué qu'il jouirait davantage, lorsqu'il pourrait me prendre sans que je jouisse.

— Ainsi que ses amis.

— Peut-être, mais c'est de lui seulement que je me suis souciée. C'est de lui seulement que je suis amoureuse.

— Et tu as cru ce qu'il te disait : qu'une femme qui ne jouit pas fait mieux jouir un homme qu'une femme qui jouit ?

— Certainement. Et je continue de penser que c'est vrai.

— Cela n'a pourtant ni queue ni tête, c'est le cas où jamais de le dire ! Quant à parler de vérité à ce sujet, laisse-moi rire !

— Je ne suis pas de ton avis. Si j'étais un homme, je ne voudrais pas que ma femme jouisse.

— C'est de la folie ! Et peux-tu me dire pour quelle raison ?

— En jouissant, elle cesserait de m'appartenir.

— Tiens ! Pour une fois, je suis d'accord ! A propos, tu ne peux plus te masturber, maintenant, je suppose ?

— Non. Lorsque j'essaie, cela me fait mal.

— Certaines femmes n'ont jamais aimé se caresser le clitoris. C'était peut-être déjà ton cas ?

— Pas du tout.

— Tu te masturbais donc, avant ?

— Tout le temps.

— Celles qui se croient non clitoridiennes se débrouillent au moins pour jouir autrement : avec leur vagin, ou leurs seins, leurs fesses, leur bouche. Il y a le choix !

— Pas pour celles à qui l'on a coupé le clitoris.

— Tu veux dire que celles-ci ne peuvent plus jouir d'aucune autre façon ?

— C'est ça.

— A cause du traumatisme psychique qu'elles ont subi ?

— Ne cherche pas des explications aussi savantes. Elles ne *veulent* plus jouir, c'est tout simple. Et c'est naturel.

— « Normal », « naturel » semblent être tes mots favoris. Ce que tu trouves naturel et normal, moi, m'épouvante.

— L'on a surtout peur de ce que l'on ne connaît pas.

— Maintenant que tu connais ce qu'est un corps sans clitoris, toi qui aimais te servir du tien, ne regrettes-tu rien ?

— Quelquefois, je me souviens du temps où j'avais des orgasmes et je regrette de ne plus pouvoir éprouver cette sensation. Mais il me reste d'autres sujets d'intérêt.

— Le plaisir de ton amant, par exemple ?...

— Ton plaisir aussi, tu vois...

Elle me caressait merveilleusement bien, c'est vrai. Mais j'aurais voulu qu'elle jouisse avec moi. Je la taquinai, de mauvais cœur :

— Ton amant n'aimerait pas savoir ce que tu me fais !

— Il le sait. Cela ne lui déplaît pas.

— Autrement dit, il n'en voulait qu'à la sensibilité de *ton* clitoris. Le reste de tes goûts, il s'en fout ?

— Il ne s'en fout pas, il les encourage : je te l'ai déjà dit, il aime que je fasse jouir.

— Je n'arrive pas à savoir lequel de vous deux me fait le plus peur : lui avec son sadisme, ou toi avec ta soumission.

— Alors, pourquoi m'aimes-tu ?

— Parce que tu es belle. Mais j'ai tort.

— Profite de mon corps et cesse de me faire la morale.

— Profiter de la bêtise me gêne. As-tu jamais été intelligente ?

— Je suis licenciée en Economie politique.

— Connais-tu d'autres femmes qui sont comme toi ?

— Dans le pays de mon amant, beaucoup de femmes n'ont plus de clitoris. Mais elles ne me ressemblent pas, puisqu'on ne leur a pas demandé, à elles, leur avis.

— Celles-ci, alors, tu les plains ?

— Les plaindre, mais de quoi ? Au demeurant, je ne m'intéresse pas à leurs problèmes.

— Si tu as une fille, t'intéresseras-tu au moins aux siens ? Lui laisseras-tu couper le clitoris ?

— C'est déjà fait. J'ai une fille, que m'a faite mon amant. Et il vient de lui faire couper le clitoris.

— Quoi !... Et avec ton accord ?

— Je n'avais pas à donner mon accord.

— Et elle, a-t-elle donné le sien ?

— Elle n'avait pas à le donner non plus.

— Tu es un monstre ! Ton amant est un monstre ! Je pleure pour ta petite fille, pas pour toi.

— Pour être des monstres, suffit-il donc de ne pas penser comme toi ? Et moi qui te croyais libérale, tolérante, anticonformiste !

— Je ne confonds pas, ni pour les autres ni pour moi, la liberté avec le droit à la malfaisance. Je déteste tout ce qui prive les hommes et les femmes de plaisir, de force, d'espérance, de dignité, de bonheur. Je combats ceux qui aiment humilier, dominer, faire souffrir. Et je m'oppose tout autant à ceux qui aiment être humiliés, être asservis, souffrir.

— Tu perds ton temps ! Ne lis-tu pas les journaux ?

— Il en existe, heureusement, qui poussent les mêmes cris que moi.

— Sans plus d'effet !

Maureen, en souriant, est allée chercher un article de presse récent, qu'elle avait découpé. Il y était dit que le président du Mouvement international « Terre des

Hommes », Edmond Kauseal, avait, en avril 1977, écrit publiquement, de Genève, au Secrétaire général des Nations-Unies, pour lui demander d'entreprendre « une campagne de grande envergure contre les mutilations sexuelles dont sont victimes des millions de fillettes et d'adolescentes dans de nombreux pays. »

Sa lettre décrivait avec une précision de cauchemar ces pratiques douloureuses et sanglantes, qu'elle appelait « le pire des viols » : excision du clitoris, ablation à vif des petites lèvres, lacération des grandes lèvres sans anesthésie aucune, couture du sexe — que rouvriraient, plus tard les maris, en déchirant tout.

« Ces souffrances, ajoutait l'auteur, pour certaines de ces enfants vont parfois jusqu'à la mort. » Celles qui survivent à l'anémie pernicieuse, aux infections aiguës de l'urètre, de la vessie et des reins, aux abcès vulvaux, aux phlegmons du périnée, à la gangrène, à la septicémie, au tétanos qu'entraînent ces « opérations » effectuées par des matrones avec des pierres sales, des os ou des coquillages puants, au milieu des chants et danses d'adultes fanatisés, deviennent, de toute façon, frigides à jamais. Il n'existe, nulle part dans le monde, aucune technique chirurgicale qui puisse leur rendre l'intégrité de leur corps, ou restaurer la sensibilité érogène dont il a été ainsi privé. Leur mal est irréversible. Leur malheur est irrémédiable.

Et où, en quelles contrées ignorées, ces horreurs sont-elles commises ? En une trentaine de pays au moins, et tout à fait ouvertement, avec la bénédiction des autorités : notamment en Arabie saoudite, en Syrie, en Jordanie, au Yémen, dans le Territoire (qui était encore français) des Afars et des Issas, en Somalie, au Kenya, au Soudan (le seul pays, disait l'article, où le gouvernement tente de décourager ces coutumes), en Libye, au Zaïre, au Tchad, en Côte-d'Ivoire — sans compter les autres lieux du monde où des mâles esclavagistes trouvent sans difficulté des médecins complaisants pour estropier, volontaires ou non, des Maureen.

Celle-ci a ri :

— Pauvre monsieur Kauseal ! s'est-elle gaussée. Il n'a aucune chance qu'on écoute ses jérémiades ! Le Conseil économique et social des Nations-Unies a déjà, au moins une fois (c'était, je m'en souviens, le 10 juillet 1958 : tu vois, je connais le dossier !), essayé de mobiliser l'Organisation mondiale de la Santé contre ces usages. Cette Assemblée lui a fort sagement répondu, le 29 mai 1959, que « les opérations incriminées résultaient de conceptions sociales et culturelles dont l'étude n'était pas de sa compétence. »

— Quels salauds ! ai-je explosé.

— Au fait, Emmanuelle, s'est rebiffée Maureen, quelle compétence as-tu, toi, pour trouver à redire à la diversité des cultures ? Les peuples qui ne te ressemblent pas n'ont-ils pas le droit de préférer leurs mœurs aux tiennes ? Vas-tu leur interdire des rites qui correspondent à leurs besoins, à leurs religions, à leurs fantaisies, à leurs habitudes ?

— Aucune religion, sache-le, ne prescrit ces mutilations.

— Les vrais croyants préviennent les ordres. Je n'ai pas besoin de croire qu'un dieu a raison pour me soumettre à lui. Il me suffit de savoir qu'il existe. Mon amant est ce dieu.

— Et celles à qui l'on ne demande pas leur consentement, quelle foi les console ?

— Les femmes incrédules sont-elles plus libres que moi ? Physiquement, elles gardent peut-être leur clitoris, mais ont-elles le droit de s'en servir à leur guise, davantage que si on le leur avait coupé ? Moi, au moins, j'ai la satisfaction intime d'avoir suivi la logique de ma foi jusqu'au bout.

— Pour quel paradis promis ?

— Pour l'amour de mon amant.

— L'amour vrai est un art, pas une possession. Aimer, c'est s'installer en imagination dans le clitoris de son amoureuse et jouir de ce qui la fait jouir.

— Eh bien ! c'est exactement ce que je fais, moi ! Je m'installe en imagination dans le sexe de mon amant et je jouis de ce qui le fait jouir !

— Toi, oui, c'est vrai : tu es capable d'aimer. Mais pas d'aimer des hommes : tu l'as dit tout à l'heure, tu ne sais aimer que des dieux. Ton amour est une passion sincère, mais une passion inhumaine. Tu aimes comme on accomplit un sacrifice religieux. Voilà, je m'en rends compte maintenant, pourquoi tu m'es incompréhensible : c'est parce que tu es religieuse. Mais tu n'es pas née avec cette foi : on te l'a inculquée. Ta clitoridectomie a été le dernier sacrement que t'a administré une direction de conscience implacable. Et non par hasard : il n'existe pas au monde d'organe plus antireligieux que le clitoris.

— On ne m'a jamais appris cela à l'école, plaisanta encore Maureen.

— On t'a possédée !

IV

Les seins d'Eros

Lara
ou
le partage du regard

Je ne sais si, entre le moment où j'écris ces lignes et celui où elles paraîtront, le public aura eu la possibilité de connaître *Maladolescenza*, ou si les gardiens des vieilles lois l'en auront empêché.

Grâce à Franco Cancellieri, qui le présente en Italie, j'ai assisté à une projection privée de ce film. Je n'en parlerai cependant ici ni en bien ni en mal, mon temps ayant été occupé, ce soir-là, à tout autre chose qu'à une appréciation subjective de la fiction qui m'était montrée.

Depuis quelque temps, je savais que l'une des protagonistes de ce film de Pier Giuseppe Murgia était une fille de quatorze ans, nommée Lara Wendel. Les photographies qu'un magazine italien, *Playmen*, avait publiées d'elle, dans son numéro de février 1977, m'avaient exceptionnellement intriguée. La présence d'un beau corps nu dans cette revue, fût-il celui d'une aussi jeune fille, n'a pourtant rien d'inhabituel. A quoi tenait, alors, mon émerveillement ?

J'ai d'abord pensé : à la tendresse réfléchie du visage ; à son humour latent ; à son assurance... Mais non ! C'était bien la nudité de Lara Wendel, et sa nudité seule, qui provoquait mon intérêt.

Etais-je, aussi, émue par son âge ? A côté d'elle, néanmoins, sa partenaire dans le film, Eva Ionesco, tout aussi enfantine et nue, me laissait indifférente — tandis que l'image que Lara m'offrait d'elle-même, à mesure que je la regardais mieux, me touchait davantage : me touchait comme une amitié.

Une amie n'est pas seulement quelqu'un dont la compagnie me fait plaisir : c'est quelqu'un qui m'apprend quelque chose. Lara nue ne s'adressait pas qu'à ma sensibilité, à ma sensualité, à mon goût : elle en appelait, en moi, à l'intelligence. Elle me communiquait un discernement, un savoir. Et elle m'invitait à partager avec elle un courage.

Toute nudité, certes, aujourd'hui encore, est courageuse. Pourtant, ce n'est pas tant à sa propre force de caractère que me faisait penser cette fille nue qu'à la lâcheté de ceux qui la regarderaient.

Pas de *tous* ceux qui la regarderaient, bien sûr ! Mais ils seraient beaucoup, quand même, à n'oser que la lorgner de biais, la guigner à la dérobée, en ayant honte de leurs pensées et leurs désirs, en grommelant ou en ricanant, peut-être même en l'insultant à voix haute — ou, ce qui ne vaut pas mieux, en trouvant de cuistres excuses à la hardiesse de sa nudité.

Si la lâcheté abaisse tout, fausse tout, rend tout désolant, c'est qu'elle s'installe d'abord dans notre regard. Rien ne nous fait plus peur que de voir.

Le mal nous paraît partout caché, même sous ce qui est beau, parce que nous-mêmes passons la plus grande part de notre temps à nous tapir, à nous camoufler et à dissimuler aux autres ce que nous faisons, ce que nous aimons et les curiosités que nous éprouvons. Nous sommes malfaisants, laids, malheureux, solitaires parce que nous vivons terrés et ne savons regarder qu'en dessous.

Nous apprendre à regarder, les yeux grands ouverts ; nous apprendre à regarder droit, sans mauvaise foi, sans tricherie, sans terreur, sans scandale — nous apprendre à *bien* regarder —, c'était cela, ai-je finalement compris, qu'était capable de faire Lara. Mais je ne l'ai compris qu'en la rencontrant, réelle, dans la salle de projection où elle avait été aussi invitée.

Sa mère, un frère plus jeune qu'elle de quelques

années, et un homme dont je n'ai pas su s'il était son père ou le mari actuel de sa mère, l'accompagnaient. Leur comportement collectif m'a aidée, sans aucun doute, à voir plus justement que je ne savais encore le faire.

Pendant toute la durée du film, je n'ai regardé l'écran que pour savoir ce qu'eux-mêmes regardaient et comment ils le regardaient. Mais c'est surtout *elle* dont le regard m'instruisait. C'est elle qui me montrait comment il faut ouvrir les yeux sur des jambes nues qui courent dans les bois, sur des seins en pousse et un pubis en floraison qui échappent aux ombrages de la pudeur, sur un sourire qui embellit un consentement, sur des lèvres qui caressent un sexe, sur une femme qui se donne et sur un homme qui se perd, sur les joies amoureuses et charnelles qui déjouent le temps, mais aussi sur la répétition primitive du malheur, sur l'injustice du délaissement, sur la déraison de la jalousie, sur l'absurdité de la tragédie, sur le paradoxe affreux de la mort voulue, sur la dérision de l'amant qui tue.

Si j'ai pu voir ainsi ce qui, autrement, ne m'aurait peut-être pas autant frappée, ou me serait apparu ambigu, ce n'a pas été simplement parce que Lara, près de moi, savait regarder, mais, plus encore, parce qu'elle savait *se* regarder.

Ce faisant, elle n'assouvissait pas, je le sentais, un banal narcissisme d'actrice, ni ne témoignait envers elle-même une complaisance d'enfant gâté : elle était, lucide et sincère, à la recherche d'un progrès.

Elle tentait, sans timidité, sans arrière-pensée, sans nostalgie et sans préjugé — mais avec parti pris, oui, car prendre parti est notre seul devoir — de déchiffrer plus plausiblement et de mieux comprendre l'adolescente inconnue qui, sur l'écran, riait et jouissait comme elle, espérait et souffrait comme elle, jugeait et changeait comme elle. Et, pour y parvenir, elle couvrait, non seulement d'un regard objectif et sérieux, mais aussi d'un regard d'affection, d'un regard tendre, cette semblable qui était elle — et qu'elle savait ne pouvoir connaître vraiment qu'en l'aimant.

Nous regarder dans un miroir ou sur une photo ne nous rend pas souvent heureux. C'est parce que nous nous voyons presque toujours « avec les yeux des autres ». Et nous savons bien que les autres nous considèrent rarement avec bienveillance.

Le déplaisir que nous avons à découvrir de cette façon l'étrangeté de notre visage, le travestissement de notre corps et l'inutilité de nos grimaces est donc, finalement, le même que nous ressentons à observer le visage, le corps et les grimaces des autres. Et la ronde inepte des préventions, des hypocrisies et des rancunes mutuelles remord ainsi à n'en plus finir son infernale queue...

Le regard que la Lara vêtue de la salle posait sur la Lara nue de l'écran refusait ce dédoublement masochiste et ce doute truqué. Il ne jugeait pas ce qu'il voyait en se demandant quel mal probable y verraient le reste des spectateurs. Il se fiait à soi-même, avec la même spontanéité et la même loyauté qu'il mettait à faire confiance à autrui.

Car — j'ai eu la perception quasi physique de sa foi — cette fille au regard radieux ne se croyait pas seule, ni différente, ni séparée. Elle faisait à ceux qui l'entouraient dans l'ombre crédit de ressemblance, crédit de jugement et de bon goût, crédit de franchise, crédit de conscience et de force, crédit de fierté et de liberté. Ceux-là aussi, elle les supposait ses semblables.

Etait-ce par ignorance puérile, candeur généreuse ? Mais non ! Je le voyais bien : si jeune qu'elle fût, elle savait ce qu'est le monde, ce qu'est la vie, ce qu'est leur enjeu. Ce que je viens d'appeler foi était pour elle ce que devrait être toute foi terrestre : une volonté.

Lara, nous regardant comme elle se regardait, ne se contentait pas de nous croire capables d'admirer comme elle la beauté, de désirer l'amour et de les protéger de la cruauté et de la morale : elle voulait aussi que nous en soyons capables *avec elle*.

Elle voulait que nos yeux et ses yeux voient ensemble. Elle voulait qu'ils voient les mêmes choses et qu'ils les voient aussi clairement.

Si elle croyait cette alliance réalisable, c'est parce qu'elle voulait être heureuse — et savait qu'il n'y a pas de bonheur possible sans regard partagé.

La projection achevée, beaucoup de ceux qui étaient là sont venus plus près d'elle et des siens. Ils l'ont regardée, non en badauds plantés devant une vedette, mais comme ils l'auraient embrassée.

J'étais au milieux d'eux et l'ai longtemps admirée en silence. Puis j'ai tenté de lui parler. Mais les mots d'allemand qui remontaient de l'enfance de ma mémoire et se pressaient, sans les franchir, sur mes lèvres étaient pareils à des rires et à des chansons. C'étaient des rythmes de comptines et des rimes de charades, des cris de patinage et des hou ! hou ! de colin-maillard. Ils venaient de si loin, avec leur douceur râpeuse : de ma gorge de petite fille ; glissaient leur chuchotis mouillé entre mes jeux de moue, comme lorsque j'avais son regard juste et sa nudité — et que j'étais peut-être elle...

Ces mots, je n'ai pas osé les dire à haute voix. A leur place, j'ai cherché gauchement des paroles de « grande », abstraites et mal léchées, qui, même si je les avais trouvées, n'auraient pas confié à Lara ce que je voulais.

Elle l'a deviné, m'a souri — moins attendrie, je crois, par mon trouble que par le mélancolique pressentiment du futur mutisme qui, elle aussi, un jour, l'isolerait peut-être de ceux qu'elle aime. Elle s'est rapprochée, a pris une de mes mains dans les siennes, a paru attendre... Mais quoi ? Que la rejoigne, à travers les années buissonnières, l'écolière que j'avais été — ou, à son tour, de ne plus savoir ?

Puis ce double à peine entrevu est retourné à son temps hors du temps, à son monde distant du monde, me laissant, adulte et seule, dans mon époque, au milieu des gens de mon âge, là où toute langue est toujours étrangère, puisque personne n'y parle à personne, n'écoute personne, ne comprend personne, ne veut savoir ce que d'autres disent.

Maintenant, déjà, dans mon souvenir vieux d'un jour, l'absence et la nuit se confondent. Cette rencontre, l'ai-je vécue telle ? Ou, cette réincarnation, l'ai-je imaginée ? Ai-je vraiment vu dans le noir Lara qui se regardait, ou lui ai-je, en fermant les yeux, prêté la vision que mon rêve souhaite ?

N'a-t-elle été pour moi si lumineusement visible que parce que je la voulais proche et heureuse, comme je voudrais l'être ? Et était-ce encore elle que, le même soir, j'ai ailleurs rencontrée, blondie de deux ans comme elle blanchira plus tard, me disant, dans un baiser d'adieu : « Ich will dich immer lieben ! » — ou était-ce déjà une autre ? Qu'importe ! Me suffit une certitude : même son identité mutante servait à me faire comprendre que tout ce que je désire existe.

Tout ce que je désire existe : ici ou plus loin ; en elle à présent ; en d'autres à venir. Tout ce qu'a convoité ma sensualité d'enfant, tout ce que mes sens de femme veulent encore connaître, quelqu'un, quelque part, l'accomplit ou l'exaucera.

Et ce quelqu'un peut être avec moi, si je sais l'aimer.

Mais puis-je appeler cela certitude ? Ou si des chimères me tenaient lieu de vie ?

Le regard de Lara, vivant de vie réelle, m'apporte toujours la même réponse. La réalité, m'enseigne-t-il, ne dépend pas de moi : elle dépend de ce que d'autres et moi désirons ensemble.

Tout, je le crois, est possible, pourvu que je ne sois pas seule à le croire.

Il se peut donc aussi que rien n'arrive. Il se peut qu'il n'y ait pas d'avenir. Demain, vous, moi pouvons faire tout finir, fermer les yeux du monde derrière nos paupières fermées. Notre vie, toute vie aura cessé, lorsqu'aucun de nous ne peuplera plus les vides infinis de l'espace d'une Lara amoureusement multipliée.

Dira-t-on que cette conjuration est une survivance de nos féeries adolescentes ? Peut-être ; mais c'est parce que nous sommes des humains-enfants. Nous ne sommes pas encore des hommes ; nous ne sommes pas encore des femmes ; nous ne savons pas même ce que sera notre humanité. Nous ne savons, pour le moment, que l'imaginer.

Lara n'est pas un fantasme mythique, ni un leurre magique. Elle a l'existence promise aux figures nocturnes que forme en nous le désir d'être.

Lara, c'est-à-dire la nudité et le regard.

Nudité, regard : deux libertés qui nous sont socialement inaccessibles et, pourtant, dont nous ne pouvons pas jouir seuls.

Nudité, regard : une intelligence dont n'est encore capable que la mémoire, mais dont nous dessinons déjà fictivement la beauté future.

Future, vraiment ? Ou bien le corps et la conscience resteront-ils indéfiniment pour nous un avenir imaginaire ?

Dis-le-nous, Lara ! Reviens et dis-le-nous, dans une langue que tous puissent comprendre : la liberté, l'intelligence, l'humanité ont-elles une chance sur cette terre, ou les singes vêtus que nous sommes devront-ils se satisfaire éternellement de les rêver ?

Bianca
ou
la part nocturne

J'ai étonné mon amie Bianca. Je lui ai dit : « Tu es une artiste. » Elle n'en savait rien ! Depuis des années, elle écrit des contes, que publient sans barguigner, à peine les ont-ils reçus, les divers périodiques auxquels elle les propose. Pourtant, elle n'accompagne ses envois d'aucune introduction ni requête et, encore moins, de recommandations. L'empressement de ses éditeurs aurait dû lui mettre la puce à l'oreille. Eh bien, même pas ! Elle ne se rend toujours pas compte qu'elle fait œuvre d'art...

Certes, il ne suffit pas d'écrire pour être un artiste. L'art doit être dans l'homme, avant d'être dans l'œuvre. Un artiste est quelqu'un qui désire, quelqu'un qui invente et quelqu'un qui exprime. Mais c'est aussi et surtout quelqu'un qui s'efforce de donner *perfection* à ce qu'il fait — et qui ne relâche jamais cet effort. Autant dire que l'espèce est rare !

La peine prise, les heures remplies, l'insomnie, le scrupule, la minutie, la volonté de préciser, d'affiner, d'embellir, de tout revoir et tout refaire, la recherche de l'image insolite et du moindre mot, le souci du son et l'amour du rythme, tout cela et bien d'autres beaux tourments, poussés jusqu'à la manie, ressentis jusqu'à l'obsession, voilà ce qui permet de distinguer l'artiste véritable du dilettante, du poseur et du velléitaire. Ces derniers se fatiguent vite et se contentent aisément ; ils se convainquent complaisamment que ce qu'ils ont ébauché est « assez bon comme ça », voire « pas mal du tout », et qu'il n'y a, en tout cas, rien à y ajouter ni à en retrancher, rien à faire pour l'améliorer.

L'artiste, lui, est voué à une insatisfaction acharnée. La poursuite de figures qui échappent indéfiniment à la formulation dont il rêve est la seule occupation vraiment sérieuse de sa vie. Cette passion le surmène, mais ne l'épuise jamais.

Tout ce qu'écrit Bianca est le produit de cette hantise perfectionniste. Et le résultat, pour moi qui le vois, est parfait. Ma belle amie, néanmoins, refuse de se présumer artiste. Est-ce par timidité ? Par discrétion ? Par scepticisme ? Est-ce parce qu'elle ne brosse pas de grandes fresques épiques, ne se laisse pas aller à des attendrissements lyriques qui se sentiraient « littéraires », ni ne brasse les abstractions moralisantes, idéologiques et ésotériques qui font l'éphémère réputation des prétentieux et des prêcheurs dans le vent du temps ? Bianca ne fait que décrire, lorsque l'envie l'en prend, de temps en temps, un épisode peu bruyant et, parfois, peu brillant, dans la vie d'une personne elle-même sans éclat notable ni, semble-t-il, exemplarité bien marquée. Mais alors, comment se fait-il que les aventures intimes que connaissent ses modestes protagonistes remuent mon imagination, sollicitent mon intelligence et défient mon oubli ? Pourquoi ai-je tant de plaisir à lire ses récits et pourquoi admiré-je autant leur auteur ? Puisque ce ne sont pas les actions d'exception ni la démesure de leurs héros qui m'émeuvent, ce doit être la manière singulière dont leurs faits et gestes me sont contés.

Au fond, l'objet auquel l'artiste dédie sa vision n'est pas forcément ce qui nous intéresse le plus. Un peintre peut modeler des pommes ou des nus ; un romancier peut décrire l'amour ou la guerre : ce qui fait de lui quelqu'un qui exauce nos vœux secrets, c'est l'invitation qu'il nous adresse à voir ce que, sans lui, nous n'aurions peut-être pas remarqué : à sentir ce que nous n'aurions sûrement pas aussi bien senti ; à vouloir ce que nous n'aurions jamais su vouloir seuls. Et c'est aussi et surtout la chance inespérée qu'il nous offre d'*exister*, nous aussi, *dans l'imaginaire*. Et d'y exister *avec lui*.

Le philosophe, le prêtre, le politicien, le savant se chargent autoritairement de penser à notre place, de définir et de réaliser pour nous ce qu'ils disent être notre bien. Notre participation à leur œuvre n'est pas vraiment requise, sinon sous forme d'acceptation et de déférence. Notre conscience, notre présence les gênent plus souvent qu'elles ne leur sont nécessaires.

L'artiste, lui, ne peut pas se passer de nous. Il lui arrive de faire semblant de s'isoler, de nous préférer le désert : mais c'est une coquetterie, une humeur. Si nous le prenions au mot et le laissions en tête à tête avec la Nature, est-ce à elle qu'il destinerait ce qu'il crée ? Qu'en ferait-elle ?

La Nature, quoi que prétende une tradition paresseuse, ne plaît pas tellement au poète. Il la trouve regrettablement mal foutue, mal finie, en un mot, imparfaite. Son auteur l'a vraiment ficelée n'importe comment ! Un artiste digne de ce nom l'aurait retouchée, fignolée avec autrement plus d'amour et d'adresse. C'est d'ailleurs exactement à quoi l'homme créateur se dévoue du matin au soir : à refaire le monde créé.

Il ne l'entreprend pas toujours exprès, il n'y met pas de préméditation systématique. Il souhaite souvent prendre la réalité pour modèle, reproduire tel quel ce qu'il voit, ne dire que ce qu'il sait. Mais voilà : il ne peut pas regarder quelque chose sans que ce quelque chose, devant ses yeux, change, devienne autre chose. Et il ne sait jamais tout à fait par avance ce qu'il va finir par savoir — et finir par nous faire savoir : cela, en définitive, se réduit rarement à ce que nous savions déjà.

Lorsqu'elle se met à la table de travail, Bianca peut bien croire — et nous jurer — qu'elle n'a pas d'autre intention que de nous promener de Vicence à Ferrare, un dimanche, avec elle et avec son amant. Mais à peine a-t-elle écrit deux phrases que l'autostrade bordée de garde-fous, sans autres échappatoires que les échangeurs (« svincoli ») dont l'emplacement et l'espacement ont été décidés par d'autres, devient inopinément espace intérieur disputé. La jeune fille qu'invente Bianca — presque malgré elle (et qui n'est déjà plus elle) — était partie pour accroître sa liberté, trouver du nouveau, apprendre. Mais, de « svincolo » en « svincolo », elle découvre que son compagnon, lui, ne cherche que continuité, conformité, contrainte, impersonnalité, sécurité et routine. Confrontée à la Nature, la passagère pense aux autres ; le conducteur ne pense qu'à lui : c'est-à-dire, nous rendons-nous maintenant compte avec Bianca, à rien.

Ces deux, qui s'étaient mis en route pour aller quelque part ensemble, en fait se déplacent, l'un par rapport à l'autre, en sens opposé. Les mots qu'ils échangent, eux non plus, n'ont pas le même sens : ils n'ont donc plus de sens du tout. Et l'excursion dominicale s'achève en rupture.

Est-ce l'événement conté qui a décidé de l'avenir des personnages ? Ou est-ce la machine à écrire de Bianca ? Ce qui est sûr, c'est que la destinée des amants n'aurait pas pris le même cours s'ils n'avaient voyagé que dans le réel. La stérilité de leur relation ne leur serait pas apparue avec tant de clarté, nous-mêmes ne l'aurions vraisemblablement jamais reconnue, et la vérité n'aurait pas eu autant de palpable existence si l'imagination de l'écrivain n'avait pas, souverainement, *créé* une crise et ne l'avait pas — consciemment ou non — *désirée*.

Plus encore qu'il n'est inventeur, l'artiste, en effet, est un militant du désir. Le contentement de ceux à qui la vie qu'ils ont vécue suffit, qui aiment être ce qu'ils ont été, avoir ce qu'ils ont eu, faire ce qu'ils ont fait lui est incompréhensible et lui fait horreur. Jamais l'artiste ne trouve nulle part de possession qui le comble, d'action qui s'achève, de place qui lui paraisse être la sienne. Pour lui, le passé donne moins à penser que le présent laisse à désirer.

Ce n'est pas l'expérience qu'il a acquise qui le fait artiste, mais l'expérience ultérieure qu'il veut tenter. Tout ce qu'il a déjà fait n'a d'autre valeur, à ses yeux, que de délimiter ce qu'il ne faut plus faire. Les amis qu'il a eus, les amours qu'il a connues, les pays qu'il a visités ne l'ont nanti que d'une certitude : il peut et doit découvrir autre chose, aimer autrement, aller ailleurs. Les vrais inventeurs n'ont pas de mémoire. Les vrais créateurs n'ont pas de patrie.

De paradis perdus en paradis imaginaires, ces exilés sans nostalgie ne se reconnaissent pas plus de patrimoine qu'ils ne se connaissent de semblables. Pour eux, tout prochain est lointain, comme tout paysage est dépaysé. Ce sont leurs adulateurs qui les classent en « écoles » et leur attribuent une « œuvre », parce que les gens sans imagination, pour se sentir vivants, ont besoin de s'attacher à des choses mortes. L'artiste sincère, lui, n'éprouve généralement que désaffection, dégoût et rejet pour le travail qu'il a accompli et pour ceux avec qui il a travaillé. Il n'est chez lui qu'au milieu des idées qu'il n'a pas encore eues ; il ne revendique que les actes qu'il n'a pas encore été capable d'oser ; et l'unique ambition qui ne le déçoit pas est d'exprimer l'inexprimable.

Les rapports dérangeants qui lient l'art et le désir ne sont, ainsi, pas essentiellement différents de ceux qui subordonnent l'amour au rêve. L'art et l'amour sont éternellement à venir, ou ce ne seraient que de beaux souvenirs. L'art et l'amour sont une part future de nous qui n'est encore qu'une part nocturne.

Mais l'avenir et la nuit sont fiction. Une œuvre d'art sans fiction serait donc aussi hypocrite qu'un amour sans chimères. La lucidité que retient quelquefois l'amour n'est pas toujours ce qui nous rend le plus amoureux : pour les mêmes raisons non rationnelles, nous ne demandons pas à l'art de nous remémorer nos limites. La fonction de l'art, comme celle de l'amour, est de nous dérouter.

La route, au long de laquelle les amants partis de Vicence se retrouvent à Ferrare étrangers, risque donc de nous mener, nous, bien plus loin que Bianca ne le prévoyait. Pourtant, davantage encore que lorsque je l'ai appelée une artiste, j'ai étonné mon amie en lui disant qu'elle était érotique...

« Erotique, moi ? Je n'écris jamais une ligne qui ait trait au sexe. Je ne suis même pas sûre que mes personnages couchent ensemble ! En tout cas, ils ne soufflent mot de la chose. Et moi, pas plus qu'eux. »

En effet, et ce n'est pas la peine. Pour être érotique, il n'est pas indispensable de déshabiller ses héros : Bianca se contente de décrire des salles de bain vides. Mais innombrables... Diverses... En attente...

Pourquoi ? Parce que seules la diversité, l'incertitude et l'expectative sont exprimables à l'infini. Mais quel nom donner à cette intuition, sinon celui d'érotisme ?

Comment mettre en doute, du reste, que tout art est érotique en soi ? L'érotisme est l'expression d'un désir d'amour que peuvent seuls satisfaire le remodelage du hasard par l'imaginaire et le défi de la nécessité par le superflu.

L'art et l'amour sont, l'un comme l'autre, des tentatives non naturelles de donner aux hommes plus qu'ils n'ont besoin et au sexe plus qu'il n'a l'habitude. Faire l'amour autrement que ne l'inspire la Nature et ne l'impose la Société, c'est faire œuvre d'art. Ecrire, peindre, construire, chanter pour autre chose que pour effrayer ou sécuriser, pour autre chose que faire taire ou faire prier, pour autre chose qu'humilier ou désespérer, c'est déjà faire l'amour.

La Nature et la Société nous offrent tout ce qu'il nous faut : cependant, l'art persiste à désirer, l'amour continue de rêver. La Nature et la Société impriment et dominent : l'art et l'amour expriment et questionnent. La Nature nous a dotés d'une langue et la Société d'un langage : mais seulement l'art et l'amour nous donnent envie de parler. De nous parler.

C'est pourquoi tu es érotique, Bianca, sans le vouloir, comme l'art est amour sans le savoir. Tu l'es parce que les histoires que tu inventes parlent des autres, parlent pour les autres, parlent aux autres. Et l'érotisme, c'est le sexe qui parle.

Des postulats qui chantent

Pour combien de mes contemporains l'art signifie-t-il autre chose que conformisme, pessimisme, hypnose, habitude et ennui ?

Se rendent-ils dans une galerie de peinture pour que la rencontre de formes nouvelles leur donne le désir d'audaces iconoclastes ?

Lisent-ils un livre pour connaître des personnages plus beaux, plus intelligents, plus hardis, moins répandus et mieux aimés qu'eux ?

Vont-ils au spectacle pour explorer des mondes parallèles ?

Ecoutent-ils une chanson pour apprendre à faire des rêves inouïs ?

Se donnent-ils même tout ce tintouin simplement pour rafraîchir leur culture, avant de la sortir à dîner, comme on fait, en période de mode rétro, nettoyer à sec un falbala héréditaire ?

Non. La plupart ne se livrent à ces exercices occasionnels de scolarité que par bienséance, tristesse acquise et renoncement.

Mais les créateurs d'images, de fictions écrites ou de sons leur offrent-ils toujours, en vérité, la chance d'échapper à cette dépersonnalisante routine ?

Peut-on reprocher au public son conformisme et sa morosité résignée, quand le peintre ne sait que recopier indéfiniment les mêmes gribouillis ? Quand le romancier rabâche pour la centième fois les mêmes jérémiades ? Quand le compositeur roucoule, à trilles que veux-tu, les mêmes refrains qui faisaient déjà geindre ou bâiller nos anciens — ou, ce qui ne nous amuse pas davantage, rythme le même rock ou la même bossa nova qui faisaient se trémousser, l'an passé, nos cadets ?

Contrairement à ce que prétendent volontiers ces gâcheurs, pour s'excuser de leur paresse, la nullité du spectacle n'est pas la faute du spectateur. La fonction de l'artiste n'est pas de donner au public ce qu'il demande, car le public ne demande jamais rien : il espère en secret. Il espère *du nouveau*. L'artiste qui le gave de déjà vu fait insulte à cette attente silencieuse. Il vole à son public une joie promise, une récréation due. Son propre manque d'imagination ou de ressort inventif ne saurait constituer pour lui une circonstance atténuante.

Il est scandaleux que la lâcheté de l'art laisse l'artiste impuni. Je réclame contre l'artiste avilisseur une justice populaire sans merci ! Sa première exigence sera de faire au créateur obligation de création. La répétition et l'insignifiance lui seront interdites, sous peine de privation publique du droit au geste et à la parole. Le délit de banalité lui vaudra une condamnation à dix ans de mutisme. L'acceptation de la fatalité sera punie de ridicule à perpétuité.

Qu'ai-je de plus particulièrement présent à l'esprit, lorsque je parle ici d'acceptation de la fatalité ? Comme on s'en sera déjà douté, je pense à une certaine idée (et pratique) de l'amour dont, depuis quatre ou cinq siècles au bas mot, la littérature, les arts plastiques et la musique nous rabattent les oreilles et ce qui nous reste, après cette épreuve, d'autres sens. Pas n'importe quel amour, naturellement ; mais cet « amour » entre guillemets que notre civilisation s'entête à concevoir comme un problème et refuse avec effroi d'accepter comme une possibilité d'innovation et de plaisir.

L'on sait très bien qu'aujourd'hui encore, à de rares

exceptions près, toute œuvre prétendue de fiction n'est qu'une morne resucée de roublardises romantiques, d'illusions fondantes, d'espoirs dadais, de songes illettrés, de chagrin. Une pièce de théâtre, un film n'ont qu'une faible probabilité d'être représentés ou produits (sauf par des intuitifs d'une exceptionnelle sagacité) s'ils ne démontrent pas qu'« il n'y a pas d'amour heureux ». Pour avoir du succès, l'amour-fait-art croit qu'il lui faut nécessairement apparaître comme une tragédie ou une bouffonnade : il n'existe sur scène que des cocus batteurs et braillards ou des cocus battus et contents.

Ne parlons même pas de la chanson, où l'amour appelle obligatoirement la pluie et les larmes. « Tomber » amoureux est, par la voix éplorée de nos divi, une maladresse d'imbécile ou de dupe dont saura tôt ou tard profiter le salaud ou la garce que l'on pleurera quand même... Sinistre moulinade ! La musique ne connaît que l'amoureux cucul ou l'amoureux méchant : l'idée d'amants gais et intelligents ne l'effleure, en général, qu'à titre de blague (« Je t'aime. Moi non plus... »)

Ces amants existent, pourtant. Pourquoi ne les filmerait-on pas davantage ? Pourquoi ne chanterait-on pas plus souvent leurs plaisirs ? Est-ce par peur de la censure ? Non : je ne ferai pas aux écrivains, aux cinéastes et aux musiciens ce grief : ils se montrent assez facilement capables de défier le pouvoir. Ce à quoi ils réussissent plus malaisément, en revanche, c'est à échapper à la tradition du lamento. Chacun d'eux adhère plus ou moins secrètement au fameux credo d'Alfred de Musset, selon lequel « les plus désespérés sont les chants les plus beaux »... La tristesse, l'ennui, le ranci qui émanent de nombre de leurs œuvres, les clichés dont beaucoup de ces bateleurs à la triste mine nous abrutissent et le plagiat mutuel auquel ils s'adonnent sont les conséquences logiques de ce principe esthétique désabusé.

Mais le métier que j'ai choisi n'est pas la critique

d'art. Mon étrange métier est de déranger les habitudes amoureuses. Pour démoder des sentiments et des mœurs qui nous font souffrir plus que de raison, j'imagine un amour qui nous aiderait à résoudre nos problèmes, au lieu de nous en poser d'insolubles... Et j'aimerais que d'autres fassent avec moi ce métier-là.

L'amour que je rêve ne présume pas que le désir est une faute, ni le plaisir un péché. Il ne pose pas pour hypothèse que notre liberté dépend des autres. Et il n'a jamais entendu dire qu'aimer confère à celui qui aime un droit de propriété sur celui qu'il aime.

L'amour que je rêve repose, comme celui que nous avons rêvé jusqu'à présent, sur certains postulats ; mais ceux-ci me paraissent offrir plus de ressources à l'imagination et au bonheur que n'en offraient nos vieux principes.

Le premier de ces postulats est que je peux jouir du plaisir de celui que j'aime, même si c'est un autre qui le lui donne. La jalousie disparaît, du coup, de mon univers.

Second postulat : mon amour n'est ni unique ni exclusif. Plusieurs amants me paraissent plus aimables qu'un. Et je ne leur demande pas de n'aimer que moi ; ni je n'attends d'eux qu'ils m'aiment tout le temps : le demi-pain du docteur Hirsch (dans *Sunday, Bloody Sunday* de John Schlessinger) suffit, moi aussi, à me rendre heureuse. De ce fait disparaît aussi de mon paysage l'imposture monosexuelle et monogamique (je dis bien imposture, car les institutions qui consacrent ces mentalités et comportements obligatoires reposent sur l'hypocrisie et rendent nécessaire l'infraction).

Troisième postulat : je ne retiens pas dans mes bras. L'amour n'est pas une limite, une barrière que je ferme sur d'autres et sur moi : c'est une porte que j'ouvre, pour eux et pour moi, sur un monde qui nous intéresse — un monde aussi riche d'inconnu et de dépaysement que peut l'être une tribu sauvage dans une île non explorée. L'amour n'est pas pour moi une sécurité, c'est une liberté. Si j'aime, je dois être capable de me priver de celui que j'aime par amour pour lui — ou de le priver de moi. Je dois être capable de le laisser tranquille, de le laisser seul, de le laisser s'en aller. Je dois être capable de le perdre. S'aimer, c'est aussi savoir se quitter. C'est aussi savoir s'oublier.

J'ai tenté de parler de cet amour-là dans mes livres. Je tente maintenant d'en parler plus clairement encore par d'autres moyens. Mais je voudrais que d'autres, qui pensent comme moi, s'associent à moi pour faire comprendre *artistiquement* cette possibilité d'avenir : je dis artistiquement, car seul l'art peut prévoir avec véracité nos goûts futurs. La politique, la religion, la science même ont prouvé, en ce domaine, leur dérisoire inefficacité : nous mettons un malin — et juste — plaisir à aimer toujours l'opposé de ce qu'elles préparent.

Donc, je voudrais que les artistes, qui rêvent avec moi d'un amour qui soit une raison de vivre, cessent d'appréhender à grands cris la mort et s'essaient à danser la vie. Je voudrais qu'ils renoncent à parler d'amour en pleurant et apprennent à chanter l'amour en riant. Je voudrais que leurs images et leur musique annoncent l'amour possible, comme s'il devait être une mutation brusque de la pensée et de l'émotion sur notre planète ; comme s'il devait être l'émergence prochaine d'une potentialité nouvelle et marrante dans notre déconcertante espèce.

Je voudrais, en un mot, que les histoires et les chansons d'amour, les photographies et les films d'amour aient le pouvoir euphorisant des anticipations optimistes — car il existe de ces anticipations-là : tout futurologue n'est pas forcément un prophète de fin du monde (et des techniciens d'idéologie différente ne se privent pas de tirer des ordinateurs des conclusions opposées aux prédictions lugubres du M.I.T., payées et diffusées par le Club de Rome). Il serait paradoxal que les artistes, ces résidents du rêve, se montrent des visionnaires plus démoralisants que les analystes socio-économiques qui refusent de succomber au catastrophisme fashionable de l'An 2000.

Me reprochera-t-on de demander à l'art l'impossible ? Mais non ! L'intuition dont l'artiste a besoin pour voir en avant de lui ne requiert pas réellement des aptitudes de science-fiction. Et les libertés que l'artiste a le courage d'assumer ne lui coûtent que fort rarement, de nos jours, la liberté ou la vie. J'ai appelé sur lui, tout à l'heure, les foudres d'une justice imaginaire : c'était pour rire ! Ceux qui me connaissent savent bien que la répression n'est pas mon genre. D'ailleurs, ce ne sont pas les tribunaux qui font le plus peur à l'artiste, c'est l'insuccès. Or, en art, le succès obéit à des lois d'airain, que j'ai déjà formulées ailleurs* : je les résume :

1. Celui qui sait seulement refaire ce que le public a aimé hier n'est pas un artiste**.

2. Celui qui pressent et exprime ce que le public désirera voir ou entendre dans cent ans sera appelé (dans cent ans !) un génie méconnu.

3. Celui qui préfère être reconnu, de son vivant, comme un génie tout court doit deviner et créer aujourd'hui ce que le public sera capable d'aimer *demain*. L'artiste heureux ne précède son peuple que d'une nuit.

Mais les jours et les nuits des hommes n'ont pas la régularité prévisible des révolutions cosmiques. L'aventure biologique et spirituelle de l'homme sur la terre n'est pas soumise aux déterminismes inexorables qui

* *L'hypothèse d'Eros.*

** L'expérience enseigne qu'il n'est pas nécessairement, non plus, un homme d'affaires avisé.

règlent le train-train des grands flux quantiques. Les lois boîteuses qui ont gouverné son apparition continuent de commander à sa destinée. Ces lois sont celles du hasard. Et le seul principe premier et final dont nous puissions être sûrs est celui de l'incertitude.

L'histoire passée et future de l'humanité est donc essentiellement un jeu. Le coup de dés que chacun de nous lance, plus ou moins hardiment, le temps d'une vie, n'abolit pas le hasard : il le défie.

L'artiste est un maître de ce jeu. L'œuvre qu'il crée est toujours un défi, puisqu'elle est une modification de la Nature, une correction du hasard. Mais l'artiste est, comme tout homme, libre à tout moment de parier pour le meilleur ou pour le pire.

Lorsqu'il mise sur l'échec éternel de l'amour, l'artiste parie pour le pire. S'il décide, une bonne fois, au contraire, de jouer l'amour gagnant — un amour dont lui-même fixerait désormais les règles —, l'amour peut véritablement se mettre à gagner, comme la Nature se met quelquefois à ressembler aux tableaux de ceux qui la peignent.

N'oublions pas, après tout, que les artistes sont les inventeurs d'une réalité qui nous tient secrètement plus à cœur que l'invisible structure des atomes et des écosystèmes ; une réalité que le monde n'aurait jamais trouvée tout seul : je veux parler de la beauté.

Un livre, un film, une chanson qui nous montreraient un amour sans nostalgie, sans possessivité, sans exclusive, sans jalousie, sans peurs ni regrets, un amour triomphant, un amour généreux, un amour joyeux, seraient sans doute aussi beaux qu'un chant désespéré. Ils seraient peut-être plus utiles. Ils seraient, en tout cas, moins emmerdants.

L'acte inimitable

Pourquoi parlé-je si souvent d'art ? Mes lecteurs préféreraient sans doute que je leur parle de sexe.

Mais à quoi bon nous arrêter à ce que la Nature a fait de nous ? Il me paraît plus excitant d'envisager ce que nous pouvons faire d'elle. Et je ne vois pas très bien ce que nous pourrions faire de la Nature, si ce n'est autre chose.

Le refus de nous résigner à être seulement ce que nous sommes peut, certes, se manifester sous d'autres formes que celle de la création artistique : par exemple, l'évasion mystique, l'ambition politique, l'obsession de l'argent et la violence destructrice, pour ne citer que les plus répandues. Ces tentatives de correction du sort partagent entre elles, toutefois, un postulat de scepticisme et une charge de négation qui me semblent assez impropres à satisfaire ceux que l'absurdité naturelle de la vie désespère.

La fréquentation des astrologues, des mythologues et des théologues nous rend généralement plus nerveux que nous ne le sommes déjà par nature. Le pouvoir politique, de son côté, rassure rarement — et pas plus ceux qui l'exercent que ceux qui en font les frais. Les affaires, elles, on le sait bien, n'en finissent jamais — sauf lorsqu'elles finissent mal. Quant au nihilisme terroriste, sa croyance explicite dans la thérapie du mal par le mal s'apparente de si près à la foi religieuse qu'il n'apporte pas davantage que celle-ci de solutions réellement dignes des grands problèmes ni de ceux censés plus petits, qui nous menacent personnellement d'insignifiance, de si haut que nous les prenions.

Ni la crainte de Dieu, donc, depuis qu'elle existe, ni la finesse politicienne, presque aussi ancienne, ni les bénéfices industriels ou commerciaux que les experts en la matière réussissent à soustraire à la curiosité du fisc, ni le casse-pipe généralisé conçu comme remède à l'ennui et à l'embourgeoisement des adeptes ne nous rendant substantiellement plus joyeux ni sensiblement moins bêtes, nous devons penser de plus en plus sérieusement à chercher ailleurs.

Où ? Ne reste guère que l'art. Mais quel art ?

La photographie, le chant, la danse, la tapisserie ?

Pour ma part, je recommande, d'expérience, l'apprentissage de cet art intimement humain que je ne puis faire autrement qu'appeler érotisme, même si la polyvalence de ce mot engendre parfois des équivoques proches de la farce.

L'érotisme est, à mon sens (ce sera sans doute ma centième définition — et probablement pas la dernière !), une forme de l'art de vivre qui consiste à déjouer par l'imagination inventive le prosaïsme moralisant de nos coutumes sexuelles et à remplacer par des fantaisies sur mesure le prêt-à-porter de nos combinaisons amoureuses.

Pour que le sexe devienne plus avancé, cependant, ne conviendrait-il pas mieux de nous adresser à la sexologie — autrement dit, à la science plutôt qu'à l'art ?

Mais la sexologie, telle que nous la connaissons à présent, est-elle bien une science ?

Lorsqu'elle se borne à recueillir et à diffuser une information biologique, psychologique et sociologique qui était, auparavant, assez peu disponible, je me mets à son écoute sans parti pris : ce savoir peut m'aider à mieux me connaître et à comprendre moins mal les autres. Il est rare, toutefois, que nos sexologues contemporains ne se mêlent pas rapidement de nous donner des conseils et d'exercer sur nous des pressions, alors que nous ne leur demandions que des relevés et des statistiques. Leur prétendue science tourne ainsi à la morale. Et, toute morale étant, par essence, un mélange de religion, de politique, d'intérêt déguisé et de violence, les discours du plus exotique des sexologues ne nous changent finalement pas des contraintes que nous avons l'habitude de subir de la part de nos dominateurs familiers.

Donc, l'amélioration — ou plutôt la re-création indéfinie — de notre condition sexuelle a plus de chances d'être réalisable quand nous la concevons comme un art que lorsque nous l'entreprenons par souci de santé psychosomatique, par piété, par culte intériorisé de l'ordre public, à titre de placement fiduciaire ou par devoir révolutionnaire.

Une nouvelle question néanmoins se pose — elle aussi, une fois de plus — : qu'est-ce que l'art ?

L'art n'est rien d'autre, il me semble, qu'une invention libre, en vue d'un plaisir.

Libre de quoi ? D'abord, bien sûr, libre de l'opinion et du goût des autres. Mais, aussi, libre des attaches naturelles, des accoutumances mentales et des rites sociaux qui nous assurent notre place dans un monde d'invariance et de soumission.

Ces liens et ces usages, pourtant, nous les aimons bien et nous ne nous libérons pas d'eux si volontiers que ça ! Ils nous identifient avec ce qui a existé avant nous ; ils nous font ressembler à ce qui vit en même temps que nous ; ils nous assurent contre l'inconnu terrifiant que représente pour nous tout avenir différent. L'illusion de sécurité qu'ils nous procurent ainsi nous importe, en général, davantage que la liberté. C'est pourquoi l'art nous inspire facilement plus de méfiance que d'affection...

Eh bien ! nous avons raison de redouter le pire ! Car l'art ne nous convie à rien de moins que nous dépouiller de nos derniers uniformes, nous passer de nos derniers automatismes, nous priver de nos dernières confiances et de nos dernières fidélités.

Etre artiste, en effet, c'est, tout d'abord, ne pas vouloir ressembler. C'est, ensuite, ne pas vouloir continuer. C'est, enfin, ne pas se laisser rassurer.

« L'artiste n'est pas le transcripteur du monde, mais son rival », a dit André Malraux, avant de mourir. Et le monde, depuis toujours, l'a fort bien compris ! D'où son hostilité.

Défier le monde tel qu'il est, pour en façonner un autre qui soit au goût de l'homme et sera donc toujours changeant, telle est la seule véridique ambition de l'art. Certains ont le droit de juger que cette intrusion de la volonté dans le créé est blasphématoire et démesurée : mais la vie elle-même, à ce compte-là, n'est-elle pas déjà plus attentatoire que quoi que ce soit au ronronnement tempéré de l'Espace et à la tranquillité de Dieu ? Si celui-ci était logique, il aurait fait un monde inanimé.

Il serait futile, d'autre part, de soupirer que l'ambition artistique, pas plus que toute autre, ne se réalise jamais pleinement. Le propre de l'art est de ne pas se donner de fins. Il est la figure la plus nue que prend pour nous cette certitude : que l'existence n'a pas de but.

Et l'amour, dans tout cela, quelle place lui reste-t-il ?

Tout juste celle, précisément, qu'il accepte de faire à l'art. Et le rôle de l'art dans l'amour est de contester les idées et les pratiques que nous soufflent nos instincts bestiaux et nous dictent nos sociétés.

A ces idées, à ces pratiques, l'esprit créateur propose inlassablement de déconcertants substituts. Et cela, au dépens de l'éternité, car, plus tard, d'autres cerveaux artistes inventeront de nouvelles figures, qui remplaceront à leur tour les créations d'aujourd'hui, devenues vieux jeu.

Mais pourquoi nous donner tant de mal ? Parce que la vie ne se joue qu'une fois et qu'il nous faut jouer à vivre pour ne pas nous laisser jouer par la vie.

L'innovation perpétuellement renouvelable que l'art est capable d'apporter à l'amour, c'est la chance d'un jeu sans règles, où aucun coup n'est jamais répété. L'avenir acquiert dès lors une saveur de partie promise, que nos peurs héritées lui niaient. Et il nous offre des possibilités d'aventures dont nous pouvons désormais, sans déraison majeure, parier de sortir gagnants.

Gagner, cependant, en amour, n'aura jamais le même sens que gagner en affaires. Le gain érotique dépendra toujours de la capacité qu'aura l'*homo ludens* de préférer un plaisir plus lointain à un acquis immédiat. Or, il n'existe pas de sujets plus lointains que les hommes ou les femmes qu'on aime.

De toute évidence, une telle conscience postule d'autres dimensions et d'autres valeurs que celles de l'arithmétique marchande et de l'investissement ménager. Ses dividendes, pourtant, sont de taille à accroître infiniment le capital du désir : le seul dont nous ne devrions pas avoir honte et qui ne peut pas ultimement nous gêner.

L'art, au total, est le produit d'un refus du destin, qui nous fait choisir l'aléa des métamorphoses de préférence à la sécurité de la mort. C'est donc la réponse la moins dérisoire et la moins décevante qui puisse être donnée à cette question qui serait autrement vouée à rester béante : *Que peut l'homme ?*

Ce que l'option artistique peut faire accomplir à l'homme et à la femme est analogue à la créativité dérangeante de leur acte, lorsqu'ils font l'amour sans vouloir d'enfant. L'ordre des choses et l'ordre du temps en sont inexorablement troublés, autant que l'est le confesseur ou le militaire, le promoteur immobilier ou le dictateur. *Faire plaisir* n'est ni sacré ni martial ni docile ni profitable : ce n'est même pas *naturel*.

Mais faire plaisir est profondément *artistique*. Et cela pour une raison qui choque, plus que toute autre, les majoritaires silencieux et les amateurs de bon genre : parce que ce n'est pas imitable !

Un devoir inhumain de silence

« Vous ne comprenez pas ce que je dis : c'est votre faute et votre malheur ! » Maïakovski avait raison de parler à ses contemporains avec cette franchise*. Il était poète. Un peuple qui ne cherche pas à comprendre ce que lui disent ses poètes se destine à la sujétion. Les hommes pourraient être libres : ils se soumettent parce qu'ils le veulent bien.

Il y a deux mondes dans notre monde : un monde du savoir et un monde qui ne veut pas savoir. La liberté n'appartiendra jamais à ce second monde, car il n'y a pas de liberté dans le silence et l'ignorance, pas plus qu'il n'y a de pouvoir sans parole. Contrôler le savoir revient, en dernière analyse, à contrôler le discours.

Or, dans notre monde, qui sait parler ?

D'abord, les politiciens et les prêtres. Puis les savants et les philosophes. Enfin, les artistes.

Que disent ces privilégiés du langage ?

Les politiciens et les prêtres parlent, par définition, l'idiome du pouvoir. Les savants, quant à eux, ne posent généralement pas de problèmes au pouvoir. La spécification et l'étrangeté de leur jargon les isolent et les privent de toute prise directe sur les masses ; et l'incommunicabilité des signes ne peut que s'aggraver à

* Ne recommandait-il pas lui-même, dans un autre texte, la rudesse du ton parlé, les sonorités grinçantes ou rauques, les images brutales, « aiguës comme des cure-dents » ?

mesure que la science avance. Sur ce front-là, la sécurité des politiques est donc assurée. Les savants s'emparent du pouvoir seulement dans les livres de science-fiction !

Les philosophes et les idéologues purs sont tout aussi inoffensifs. La raison en est que, les religions ayant fait leur temps, les idéologies ont adopté d'emblée la langue de la science. Ce faisant, elles sont devenues incapables de se faire comprendre du commun des hommes et incapables de leur faire prendre conscience.

Ne reste, en définitive, comme porteur d'idées communicables, que l'artiste. Non seulement il lui est encore loisible de parler, s'il le veut, un langage que tout le monde peut entendre, mais il détient aussi le pouvoir de faire parler ce langage aux autres.

En effet, les gens pensent et se conduisent, en pratique, selon ce que la *mode* leur inculque. Mais la mode n'est rien d'autre que la forme résiduelle de recherches, d'impulsions, de trouvailles dont des artistes ont pris l'initiative et donné le ton.

Avant de se vicier en imitation et de devenir conformisme, la mode est toujours, d'abord, subversion. Ce sont ses suiveurs qui s'acharnent à la réglementer, à la banaliser et à la faire durer. Ses créateurs, eux, ne rêvent généralement que plaies originales et bosses jamais vues, sensations jamais ressenties, différence, fantaisie, déraison — pour tout dire, choc et chamboulement.

Leurs propositions sans utilité immédiatement connaissable répondent à un besoin incroyable et secret, qui fait de nous une espèce à part parmi les autres mammifères. Ce besoin non calculable, non programmable et non répressible, je l'ai naguère identifié comme nous conduisant au « plaisir de perdre »*.

Il suffit de définir de la sorte cette pulsion mentale et sociale pour comprendre aussitôt ce qu'elle a de

* *L'Hypothèse d'Eros.*

totalement inacceptable pour le pouvoir : la loi d'airain de tout pouvoir est le gain.

L'art, toutefois, n'est pas seulement plaisir de perdre : il est, plus évidemment encore, plaisir de parler. Cette seconde propriété n'est pas moins révolutionnaire que la première, car la domination du discours est un enjeu vital du pouvoir. Toute parole libre porte en soi la fin de la soumission de tous.

Le monde se tairait si le poète n'avait pas le savoir de parler pour tous. Le silence des hommes serait atterré, si l'espérance du poète n'annonçait pas le changement des mots, le mouvement des choses, l'humanisation lente des lois.

Le propos du poète, quelles que soient les formes mises, revient tôt ou tard à dire non. Il est dans la nature du pouvoir d'étrangler ce non, soit en faisant mourir celui qui le crie (Neruda), soit en l'enfermant (Soljenitsyne), soit en diffamant le symbole de la dissension (films de Bertolucci, de Pasolini).

Dans les pays qui se parent du despotisme le plus éclairé (les Etats-Unis, la France), le recours à des classifications infamantes (films estampillés « X »), à des tabous nouveaux ou à des restants de superstitions, à la contrainte fiscale, à la bondieuserie latente ou à la disponibilité militante de névrosées (Mia Farrow hurlant contre l'avortement dans les rues de Londres) sert tout aussi efficacement à protéger les politiciens de leur peur primordiale : la peur de perdre le pouvoir.

Personne n'en saurait rien, tout le monde croirait le progrès des idées et des mœurs impossible, les propagandistes appointés parleraient d'inévitable retour du balancier et de revanche de la Nature, les moralistes inviteraient au repentir et les nouvelles déités pulluleraient, si les artistes véritables, ennemis viscéraux des prophètes de fin du monde et de leurs dieux de résignation, n'étaient pas là pour ouvrir la bouche, barbouiller les murs et vendre la mèche.

Révélateurs du savoir plus fraternels et intelligibles que ne le sont les savants, les créateurs d'images et de signes menacent l'avenir des hommes d'Etat davantage encore qu'ils ne leur gâtent le présent. Le pouvoir, en effet, n'a pas seulement besoin d'un savoir actuel : il dépend surtout de son habileté à savoir d'avance.

Or, l'artiste est, mieux que personne, doué pour deviner ce que les hommes comprendront, désireront, voudront éprouver et seront capables d'aimer et de faire demain.

En un mot, l'artiste est, de nous tous, le plus proche de la vérité.

La vérité n'est pas une collection de connaissances immuables, qu'une autorité enferme dans un territoire clos : elle est la résultante provisoire d'une mise en question et d'une révision indéfinie du savoir. Elle change jour après jour, au contact d'une réalité de plus.

La vérité de l'univers dont l'homme fait partie ne peut donc être immobilisée dans aucune loi, que cette loi se veuille physique, humaine ou « révélée ». Le « sens commun de la pudeur » n'en a pas, le pauvre ! une intuition plus sûre que les pères de l'Eglise ou que les enfants de Krishna. A plus forte raison ne sera-t-elle jamais cernée par un Code civil ou pénal, ni par une règle morale, ni même par une science totalisante. La particule « ipsilon » dernière-née, qui ajoute son « charme » fugace à tant d'autres incertitudes dans l'esprit de nos physiciens, Heisenberg est mort cette année en sachant que ses successeurs ne la verraient pas mieux que lui — nulle part, jamais, si savants qu'ils puissent devenir...

La vérité, pour tout dire, n'existe pas dans les choses. Elle est le produit éphémère, instable, équivoque et néanmoins chérissable de nos désirs, de notre sincérité et de notre liberté.

Lorsqu'un livre, une œuvre d'art enrichissent nos désirs, mettent notre sincérité à l'épreuve, combattent pour notre liberté, leur hardiesse nous donne la force de chercher toujours plus en avant et plus loin notre vérité.

Puisque je l'ai cité en tête de cette réflexion, Vladimir Vladimirovitch Maïakovski, de la tombe où, à trente-six ans, il a pour la première fois cessé de parler du futur, réclame peut-être encore la chance d'annoncer cette relation de l'art et de la vie. Lorsqu'il dit que « la réalisation d'un but n'est pensable que par le moyen d'une œuvre poétique », il nous offre le plus ferme des espoirs que nous puissions encore concevoir. En un temps où l'intelligence voudrait nous faire douter que notre existence a un but, l'intuition poétique est notre seul moyen de savoir que le bonheur est ce but.

L'autorité le sent bien. Lorsqu'elle condamne un livre, mutile ou brûle un film, ridiculise une œuvre d'art, elle ne le fait pas parce qu'elle se soucie de notre intelligence et de notre bonheur, mais pour empêcher que ne soit créée (en grec, *poiésis* voulait dire création) une nouvelle vérité. Toute autre vérité que celle qui vient du pouvoir terrifie le pouvoir. Et tout pouvoir terrorisé instaure la terreur.

Le pouvoir ne redoute pas l'érotisme parce qu'il le croit capable d'asservir les corps mieux que lui, mais parce que l'érotisme est un art et que tout art libère l'esprit.

De même, le pouvoir s'inquiète de voir les mœurs s'érotiser, parce que toute action érotique est recherche de vérité. Les hommes et les femmes qui pratiquent la franchise en amour, qui cherchent à accroître la part de l'imagination dans leurs relations sexuelles, qui pensent que les vertus anciennes du couple, du mariage, de la famille sont susceptibles de révision, le pouvoir a foutrement raison d'en avoir peur ! A ces hommes et à ces femmes, un jour, viendra peut-être l'idée que les forces et les formes politiques qui les dominent peuvent, elles aussi, être renouvelées.

Le goût de la vérité, l'usage de la liberté que nous

apporte l'érotisme fait présager au Vatican l'imminence de « désordres graves* ». Et le Vatican, en matière d'ordre, s'y connaît ! L'on peut donc s'attendre, sans grande crainte d'erreur, à ce que se produise bientôt, si ce n'est déjà fait, un certain désordre.

Mais la biologie nous découvre que le progrès de la vie ne s'exprime pas par la permanence indéfinie d'un ordre : il se manifeste, à chaque bond en avant et à chaque complexisation croissante de la matière, par la création d'un ordre supérieur.

L'érotisme est art, mais il est aussi biologie. L'artiste lui-même est biologiste à sa manière. L'un et l'autre parlent à la fois d'esprit, de corps et de vie. Ils savent et disent que l'esprit et le corps vivent d'aventures hasardeuses et de changement. Et ils tentent de changer la vie en dérangeant l'ordre moral.

Il est donc normal que les conservateurs de cet ordre jugent anormal l'artiste érotique. Il est naturel que la peur qu'ils ont de l'entendre troubler leur monde de silence dénature ses œuvres.

Mais l'amour débordera toujours l'ordre du monde. La parole sera toujours en avance sur l'ordre du temps.

Pour que le temps s'arrête sur leur monde ordonné, les dominateurs peuvent bien édicter que la parole est anormale et que l'amour est contre-nature : tant que l'artiste, au risque de se perdre, continuera de nous rendre le désir accessible, nous saurons que la Nature n'a pas de contraire et que l'homme n'a pas de norme.

---

* Dans le document sur l'éthique sexuelle, publié le 15 janvier 1976 par la Congrégation pour la doctrine de la foi (ex-Saint-Office de la Curie romaine), chacune des condamnations prononcées est justifiée par le fait que le comportement condamné constitue « un désordre grave ». Qui plus est, « l'homme », y apprend-on, « pèche mortellement lorsqu'il fait consciemment et librement, pour quelque motif que ce soit, un choix dont l'objet est gravement désordonné ». L'ordre règne au Vatican, plus que l'amour n'y est connu.

Pouvoir et savoir
ou
l'éternité du bûcher

La Loi mène les films au bûcher*. Ou, ce qui est pire, prévenant préteurs et fagots, les producteurs cinématographiques taillent dans l'œuvre achevée des auteurs, qu'ils ont piégés par des promesses de responsabilité et de liberté. Leur tripotage inculte abêtit cette œuvre ; leur conformisme la banalise ; leur pleutrerie la défigure ; la vulgarité de leur mercantilisme la prostitue ; leur cupidité obséquieuse et mendiante l'avilit — plus que n'aurait osé le faire la brutalité bornée des bourreaux d'Etat.

L'innocence et l'espoir chevillés au corps, avons-nous raison de nous dire que cette époque est trop noire pour durer ? Sommes-nous sages d'augurer que d'aussi incroyables excès ne peuvent être le fait que d'une arrière-garde ? Que le fanatisme ignare de ces mutilations, la niaiserie de ces montages, l'insignifiance voulue et la déloyauté prétentieuse de ces doublages, l'anachronisme de ces autodafés sont voués à une fin prochaine ?

Non. Nous avons tort.

---

* En janvier 1976, la Cour de cassation italienne a décidé que toutes les copies existantes et le négatif même du *Dernier Tango à Paris* de Bernardo Bertolucci seraient détruites par le feu. *Salo' ou les 120 journées de Sodome* de Pier Paolo Pasolini a failli subir le même supplice. Des douzaines d'autres films sont partout saisis, interdits et en attente d'être brûlés : même en Angleterre, terre avant-garde de la liberté. En France, on les marque maintenant au fer rouge, comme au temps des rois, et on les embastille, comme avant le 14 Juillet !

Nous sommes naïfs — et notre naïveté met en danger notre sécurité mentale et physique — si nous nous figurons que la classe dirigeante (et ses serviteurs complaisants), sous la pression de revendications polies, renoncera bientôt de bonne grâce à la censure, à l'inquisition, à l'intimidation par l'argent et aux autres formes d'oppression et de répression quasi médiévales dont elle use, en ce moment, contre l'expression artistique. Elle n'en a ni l'intention ni, le voudrait-elle, les moyens. Sa violence n'est pas une improvisation de conjoncture, un épiphénomène de transition. La sujétion de l'art est la condition même de l'exercice et de la survie du pouvoir.

Il n'y a pas, dans notre société, de pouvoir possible sans monopolisation du savoir. L'art — et plus particulièrement l'art érotique — porte ombrage au pouvoir, non pas parce qu'il distrait ou dissipe les citoyens, mais parce qu'il leur apporte un savoir.

Qui plus est, cet art s'arroge joyeusement le droit de répandre son savoir à sa guise, sans demander de permission d'Etat, ni pour les idées ni pour le style.

Et voilà que ces idées sans visa, ce style sans uniforme plaisent au public ! Celui-ci y prend un goût nouveau à s'instruire. L'envie lui vient de penser autrement. Il croit possible de changer sa vie.

Or, toute connaissance qui vient au peuple d'ailleurs que de l'autorité en place menace l'existence de cette autorité même. L'interdépendance entre pouvoir et savoir est si étroite que l'un ne peut subsister s'il n'est pas à la source de l'autre.

Dans la société féodale, déjà, l'hégémonie réelle n'était pas exercée par les seigneurs laïcs, mais par l'Eglise, détentrice et dispensatrice exclusive de l'information et, donc, de l'espérance. Son empire n'a pas survécu à l'émergence d'une science temporelle. Pour l'Etat bourgeois, qui a bénéficié de ce transfert du savoir et en maintient l'appropriation par une hiérarchie inflexible de l'éducation, le partage des connaissances serait aussi mortel.

Le combat que cet Etat mène aujourd'hui contre l'érotisme n'a pas d'autre raison d'être que d'empêcher un tel partage. L'Etat n'agit pas par souci moraliste, mais par instinct de conservation. Il sait que son idéologie est incompatible avec l'intention érotique. La société choisira entre l'une ou l'autre.

L'intention de l'érotisme est de *tout inclure* — dans la vie quotidienne comme dans l'art. Au contraire, le système bourgeois, à l'instar des régimes aristocratiques et cléricaux dont il est issu, se définit par un code rigide et raisonne d'*exclusions*.

Dans ce système, le bien et le mal civiques et privés ont un contenu flou, mais des *frontières* précises. Ces lignes de démarcation ne sont cependant pas plus « naturelles », ni plus justes, que les frontières nationales. Elles n'ont pas été fixées à partir d'une analyse des besoins des hommes, de leurs désirs, de leur volonté de bonheur : elles ont été choisies, cruellement et à tâtons, selon la fortune des armes, la cote des échanges et la solidité des monnaies, par un petit nombre, à des fins de domination.

Mais ces frontières morales, comme celles qui séparent les Etats sur la carte économique et militaire, ne peuvent être défendues que par le grand nombre. Et il ne les défend que si une *foi* lui a été inculquée et continue de le rendre gouvernable. C'est-à-dire incurieux, prévisible, immuable, immobile.

Pour comprendre une culture de domination, il faut donc, plus qu'étudier ses structures internes et ses mythes, connaître ses frontières. Il faut éclairer les confins au-delà desquels elle ne voit que des ennemis. Il faut explorer les marges où elle exile les hommes, les idées et les mœurs dont elle ne veut pas.

Une culture ne veut pas de ce qui lui fait peur. L'histoire des morales politiques se ramène ainsi à un inventaire archéologique des défenses que les détenteurs mâles du pouvoir ont mobilisées contre leurs peurs, en tête desquelles viennent la peur des pauvres, la peur des solitaires, la peur des oisifs, la peur des fous, des non-conformistes, des différents, la peur des jeunes, la peur des femmes.

Aucune de ces peurs ne sont « naturelles » à l'homme. Toutes lui ont été apprises.

La phobie collective du sexe, moins que toute autre, n'est pas inscrite dans la nature humaine. Cette nature est animale. La sexualité est chez elle une audace innée. Ce que la psychanalyse découvre au fond de nous d'effroi, d'hypocrisie, de dégoût inconscient et d'excuse est le produit mutant d'un terrorisme exercé sur notre corps et notre esprit par les pouvoirs sociaux (Etat, Eglise, famille), avant que nous n'ayons atteint l'âge de savoir.

Que l'effet de ces chocs se perpétue par héritage immémorial (comme le croit Jung), ou que l'enfance de chaque individu en renouvelle la genèse féroce (comme le pense Freud), peu importe. Il nous suffit de noter que le but recherché par ceux qui nous ont infligé ces marques « morales » n'est pas notre instruction, mais notre ignorance.

Aucune civilisation ne s'est établie sur la connaissance : toute civilisation est née barbare. Ce qu'une culture *est,* elle le doit au hasard. Ce qu'elle doit à la volonté, c'est ce qu'elle n'*est pas.*

Mais elle le doit à la volonté de qui, sinon de ceux qui se sont assurés le monopole d'interdire ? Distinguer entre les hommes ou entre les femmes, priver les uns de droits octroyés aux autres, exterminer ou bannir ceux qu'on a d'abord démunis, est le premier acte d'organisation hiérarchique par lequel une horde tribale accède à la volonté de puissance. Cela reste le premier soin d'une démocratie qui se donne des lois.

Les citoyens d'Athènes, réunis en corps politique

(d'où les esclaves et les métèques étaient exclus), passaient le meilleur de leur temps de service public à ostraciser quiconque, au milieu d'eux, faisait mine de penser pour son compte. Les camps de concentration chiliens ou les cliniques psychiatriques soviétiques sont les descendants intellectuels de ces manières.

L'élimination violente des dissidents est néanmoins un procédé coûteux et l'histoire enseigne que son aboutissement est aléatoire. Une méthode plus fiable consiste donc à faire en sorte qu'il ne vienne à personne des idées autres que celles utiles à la perpétuation du pouvoir. L'a b c de la conservation réside dans le contrôle permanent du savoir. Et l'on n'a encore jamais trouvé, pour exercer ce contrôle, de moyens plus sûrs que de brûler ce qui ne doit pas être vu par le menu peuple et que de brouiller le son de ce qu'il ne doit pas entendre.

Jusqu'à quand donc, nous demandions-nous, au début de cette réflexion, le bûcher continuera-t-il de menacer les œuvres d'art ? Jusqu'à quand des producteurs au service du pouvoir bourgeois s'acharneront-ils à crétiniser les images que leurs réalisateurs ont tirées de leur désir de poésie ? Jusqu'à quand caviarderont-ils — ou traduiront-ils dans leur charabia insipide — les textes où leurs scénaristes et leurs dialoguistes ont tenté de mettre leurs idées d'amour, de bonheur et de nouveauté ? Hélas, longtemps encore, je le crains bien !

Longtemps. Longtemps... Aussi longtemps, sans doute, que les auteurs et les artistes ne se résigneront pas à respecter la grammaire d'Etat. Aussi longtemps que ces rebelles incorrigibles n'accepteront pas de faire croire, mais voudront faire savoir. Aussi longtemps que ces conteurs de l'avenir ne se contenteront pas de rabâcher des fables éculées, mais s'essayeront à parler de la vie avec des mots jamais entendus. Aussi longtemps que ces moralistes inconscients feront passer l'orgueil et l'honneur de créer avant la rentabilité de leur création. Aussi longtemps, enfin, que ces trouble-fête éternels préféreront l'intelligence à la célébrité, la beauté à l'argent, la nudité au déguisement, l'aventure à l'ordre, le défi au calcul, le rêve à la ruse. Autant dire toujours.

La laideur, l'ennui et la guerre

L'on me demande souvent de proposer, à mon tour, une définition de la pornographie. Tant d'autres l'ont fait, sans réussir à s'accorder entre eux, que j'ai délibérément évité, jusqu'à présent, d'entrer dans une compétition sémantique aussi disputée. Mais il se trouve que, venant d'assister à un spectacle (que beaucoup d'autres auront vu avant moi, car il est déjà un classique), je ne trouve pas de meilleur terme, pour le juger, que celui de pornographique. Du coup, j'entrevois une nouvelle signification possible de ce mot équivoque.

Le film pornographique auquel je me réfère n'est autre que *Scènes de la vie conjugale*, d'Ingmar Bergman.

Liquidons tout de suite, pour ne pas y revenir, l'aspect *visuellement* obscène de ce film ; le moindre de ses défauts, dirais-je, compte tenu de la plus grande gravité des autres. J'appelle obscènes, en la matière, les scènes où les deux protagonistes, Johan et Marianne, mari et femme, sont censés faire l'amour.

Pour commencer, ils le font toujours habillés. Habillés, c'est peu dire : engoncés jusqu'au cou ! Si ficelés et fagotés dans leurs nippes qu'on ne voit absolument pas comment ils s'y prennent pour mettre en contact autre chose que leurs respectifs boutons de braguette.

L'intention du réalisateur a probablement été d'illustrer la difficulté de ses personnages à communiquer. Soit. Mais je constate qu'il a eu recours, pour faire passer ce message, à des moyens d'expression pornographiques. Et pas seulement en posant l'un par-dessus l'autre cet homme et cette femme encoconnés, mais en leur dictant des gestes d'une gaucherie et d'une disgrâce telles que le spectateur un peu sensible à la laideur risque de se retrouver dégoûté de l'amour pour six mois.

Voilà bien le mot que je cherchais inconsciemment : laideur. *La pornographie, c'est l'amour et le sexe rendus laids*. Courteline a dit que « la pudeur consiste à cacher ce qui n'est pas beau ». En foi de quoi, il devait recommander, je l'espère, que l'on se montre nu, car le corps humain est historiquement et logiquement à l'origine du concept de la beauté.

Faire l'amour tout habillé n'a rien d'inesthétique en soi : je reproche seulement à Bergman de s'être servi de ce truc pour rendre repoussant le comportement amoureux de ses héros.

Les petits soubresauts grotesques dont il les anime de surcroît ont le même objet : déconsidérer esthétiquement le plaisir physique, l'instinct sexuel et, finalement, l'amour.

A dire vrai, je me livre à une introspection abusive — et parfaitement inutile — lorsque j'attribue à cet auteur telle ou telle intention. Je devrais me foutre totalement de ses intentions : la seule chose qui compte, c'est l'effet produit sur le spectateur. Or, cet effet, pour ce qui me concerne, ne laisse pas place au doute. Les étreintes (si l'on peut appeler ainsi leur chevauchement furtif) de Johan et de Marianne m'ont fait *honte*.

Lorsqu'une scène « d'amour » fait honte à ceux qui en sont témoins, n'est-on pas en droit de l'appeler pornographique ? C'est ce que je fais.

Peut-être ma pudeur est-elle trop éloignée du célèbre « sentiment commun » pour qu'il me se soit permis d'en faire état ? Mais je n'étais pas seule à voir ce film et j'ai été heureuse de constater que ma répulsion était partagée par tous ceux qui m'accompagnaient. Des gens de mon bord ! m'objectera-t-on encore. En un certain sens, oui, peut-être : mais je n'ai jamais, non plus, prétendu parler au nom de l'Eglise romaine ni en représentante de l'Etat bourgeois : je ne me fais le modeste porte-parole que de ceux pour qui le plaisir des sens est un bien, non une malédiction diabolique ou un gaspillage d'énergie potentielle.

Je n'ai jamais pu démêler (mais je ne m'y suis guère employée, je le reconnais) si Bergman regardait généralement la sexualité avec sympathie ou avec horreur : ses idées sont si compliquées en tout qu'elles m'ennuient. La présence trop durable de la crainte de Dieu dans son œuvre a d'ailleurs contribué à me détourner de l'étude de celle-ci. Maintenant que cet auteur semble s'être guéri de ses terreurs mystiques, il est malheureusement trop évident qu'il a pris peur de l'humanité réelle. Il est clair que cet homme vit dans un état panique permanent. J'en suis navrée pour lui, mais je ne vois pas pourquoi je devrais payer ma place pour assister à l'indécent déballage de ses phobies.

Indécent ? Je reviens, on le voit, à mon sujet : ce film ne m'a pas seulement paru pornographique parce qu'il enlaidit le sexe, il m'a surtout gênée par le mal que s'est donné son réalisateur pour enlaidir l'amour. D'abord, je viens de le rappeler, il dégrade l'amour physique ; mais aussi, l'amour qu'on dit venir du cœur : cet amour où je préfère, moi, voir une fonction de l'esprit.

Nous avons affaire, dans cette histoire, à des époux qui voudraient bien s'aimer, n'y réussissent pas, se séparent, se retrouvent de temps en temps ; et c'est là que les choses se gâtent, deviennent franchement porno. Car ces deux ratés, qui se savent et se disent tels, ont le toupet de nous proposer leurs sentiments amorphes, ternes, mornes, aigris et résignés comme le modèle de base de ce qu'ils persistent à appeler amour.

Parce qu'ils n'ont pu « réussir » socialement, professionnellement, familialement, ces gens, dont la vie aurait pu être tout autre que médiocre, « obscénifient » l'amour en s'efforçant de nous faire croire que ce lien est — par essence, partout, pour l'éternité — une médiocrité : pis ! la médiocrité par excellence, l'archétype de la médiocrité absolue. Chaque étape du vieillissement de ce couple est là pour nous convaincre qu'« il n'y a rien à faire », que tout le monde est et sera toujours « comme ça ».

Bergman fait-il ce constat d'impuissance pour le déplorer ? Non ! Il s'en pourlèche : la médiocrité de l'amour, proclame-t-il dans ce film, est un bien.

Si cette œuvre avait déclenché en moi une réaction de révolte, je pourrais juger salutaire la provocation du metteur en scène : il n'est pas interdit à l'artiste d'évoquer le malheur, la mesquinerie, la sottise, la banalité, pour informer, apitoyer, faire peur, voire pour divertir. Mais sa démonstration ne m'a ni indignée, ni fait rire : elle m'a ennuyée.

De cette expérience, je tire donc une seconde définition : *un spectacle doit être appelé pornographique s'il présente l'amour et le sexe d'une façon qui engendre l'ennui.*

Mes deux définitions, à mieux y regarder, se rejoignent : car l'ennui est une forme de la laideur, et la laideur devrait toujours nous inspirer de l'ennui.

L'intime commerce de la laideur et de l'ennui ne se déroule pas que sur l'écran ou la scène. Je le vois quotidiennement fleurir autour de moi, dans la manière dont les gens s'habillent, se fardent, se meublent, échouent à s'amuser. Il me semble que notre société occidentale se trouve en ce moment, à cet égard, au beau milieu d'un de ses fréquents âges bêtes.

L'époque de la minijupe a constitué un sursaut de

l'intelligence ; celle des frusques rétro représente, sans le moindre doute, un épisode collectif d'idiotie.

En réfléchissant au pourquoi de cette lubie, je fais une constatation terrifiante : les périodes de mauvais goût vestimentaire, du moins depuis un siècle, ont régulièrement précédé les grandes guerres.

Cette corrélation n'est évidemment pas fortuite. Les peuples acceptent mieux la guerre lorsqu'ils s'ennuient. Et ils ne s'ennuient jamais autant que lorsque le plaisir de la beauté et de l'amour pimpant leur est dénié. Les cuisses nues des filles dans les rues auraient peut-être fini par détourner les hommes de leur vieille passion pour la destruction, le meurtre, le suicide en commun. La frustration inconsciente que leur inspirent les jupons longs et les vertugadins vient à point pour leur rendre les vertus viriles dont ont besoin les économistes et les stratèges pour organiser le remodelage des masses.

J'exagère ? Je l'espère. Mais je ne suis vraiment pas rassurée. Il me paraît de mauvais augure que la mode laide, l'amour avili, le corps décrié, le plaisir dénigré coïncident avec la nostalgie spectaculaire des brutalités nazies et autres monstruosités dont nous régalent, depuis deux ou trois ans, le cinéma et les bandes dessinées. Tout cela va trop bien ensemble. L'on commence par rallonger les jupes ; l'on « rappelle », comme le fait si obligemment Monsieur Bergman, que l'amour humain n'en vaut pas la chandelle ; l'on « se souvient », comme s'y sont déjà talentueusement exercés Madame Liliana Cavani et Monsieur Louis Malle, que le temps du totalitarisme guerrier, pour les amateurs d'émotions fortes et de sain épanouissement sadomasochiste des deux sexes, c'était quand même le bon temps. Et l'on finit par donner aux nations qui s'ennuient envie que ce temps-là revienne.

L'alternative « faire l'amour ou la guerre » n'est pas aussi naïve que les pourfendeurs de hippies voudraient nous le faire croire. Si l'amour est moche, la guerre est belle. Si le sexe nous embête, la guerre nous distraiera !

Dernière définition, donc, la plus sérieuse et la plus lourde de conséquences : *est pornographique tout spectacle qui met l'amour et le sexe au service de la guerre.*

Cette règle simple devrait être, en fin de compte, l'unique critère auquel nos censeurs (s'ils ne sont pas eux-mêmes des bellicistes et des pourvoyeurs de charniers) pourraient, au besoin, trouver profit à se reporter.

Cela veut-il dire que je me mets, moi, Emmanuelle Arsan, à faire appel à la censure ? Eh bien, pour une fois, oui ! La guerre est la seule liberté de l'homme contre laquelle toutes les exceptions, toutes les contradictions, toutes les partialités, toutes les intolérances, toutes les répressions, toutes les violences sont légitimes.

Pornographie conservatrice et érotisme révolutionnaire

Aucun sein ne trouble autant que le sein d'Eros !

Tant que la bourgeoisie a cru l'érotisme conservateur, elle l'a honoré en réprimant la pornographie. Cette tradition vient d'être renversée : l'érotisme est désormais reconnu en France comme un ennemi du régime, tandis que la pornographie est encouragée.

Cette observation peut surprendre, car elle nie les apparences : comment puis-je prétendre que le pouvoir politique favorise la pornographie, après que gouvernement et parlement l'ont condamnée à grand bruit ? Mais qui souffre, au juste, des classements et taxations qui cherchent à imposer à la dissension morale la seule marque d'infériorité que la civilisation bourgeoise connaisse vraiment, la pauvreté ? Est-ce l'art de la fesse ? Il trouvera toujours des amateurs, capables de payer des estampes proscrites à n'importe quel prix. Les idées, au contraire, semblent toujours trop chères : les producteurs et le public y regarderont à deux fois avant de débourser le double pour un film qui se mêle de douter des idées reçues et prétend aider à changer de mœurs, à changer la vie. Classer ce film « X », ce n'est pas cacher un sein qu'on a déjà vu, un pubis que tout le monde connaît déjà : c'est tenter dans l'affolement de protéger les couples mariés, les pères et mères de famille, leurs enfants futurs, contre des espoirs réalisables qu'ils n'ont pas encore eus, des rêves intelligibles qu'ils n'ont pas encore osé faire. Le but de la censure nouvelle n'est pas d'interdire l'émotion des sens, il est de réprimer la stimulation des esprits. L'incivisme, comme l'a dit sans mâcher ses mots le secrétaire d'Etat à la Culture*, ne doit plus être traqué chez l'exhibitionniste qui se déboutonne, mais électivement dans l'*intention* de l'artiste. L'art ne sera maintenant toléré que s'il renonce aux *pensées* obscènes : c'est-à-dire à celles que la classe au pouvoir n'a pas su trouver la première.

A l'année de la femme a succédé, paraît-il, celle de la famille : mauvais moment pour vouloir innover en matière de relations amoureuses ! Aucun changement des habitudes de langage ne sera donc permis, tant que le gouvernement n'aura pas d'autre idée. Qu'il m'excuse, si j'ose cependant prendre la parole après lui : de toute façon, je ne lui donnerai pas la réplique, je parle une autre langue. Les mots que je m'efforce de comprendre pour vivre s'épellent quelquefois de la même façon que ceux dont les puissants sont parvenus à faire une langue morte : ils doivent avoir pourtant un sens différent, offrir d'autres chances, puisque leur capacité de subversion n'est pas la même.

Pour que les mots enfermés par le pouvoir ne meurent pas d'insignifiance ou ne soient pas pour de bon séparés de nous, je suggère donc que l'on appelle désormais pornographique tout propos ou spectacle qui ne met pas en question les institutions et dont les bien-pensants parlent sans gêne. L'on réservera dès lors la qualité d'art érotique aux formulations et aux situations créées par nous dans la liberté et qui angoissent à tel point l'idéologie dominante qu'elle préfère les traiter par le silence.

Sera ainsi justement reconnue comme pornographique la pseudo-permissibilité bourgeoise même. Par hypothèse, le pouvoir ne peut permettre que ce qui le

---

* Celui de l'époque s'appelait Michel Guy.

confirme et le renforce : l'idée d'une autorité bourgeoise qui supporterait qu'on la déconsidère et la mette en péril est absurde en soit.

Au cours de la période récente, dite de « libéralisation » sexuelle, la classe dirigeante n'a, de fait, autorisé que des libertés d'expression et d'image qui ne menaçaient pas ses intérêts réels, c'est-à-dire ses positions économiques (au vrai, elles les servaient souvent) et ne proposaient pas une solution morale et sociale de remplacement à son idéologie secrète.

L'idéologie secrète du pouvoir bourgeois est celle de la guerre. Les institutions que ce pouvoir ne laisse donc à aucun moment mettre en cause sont celles qui servent à éduquer le peuple à la guerre : par exemple, le mariage traditionnel.

L'état conjugal, le concubinage qui le singe, aussi bien que leurs faillites concordataires (jalousie s'accommodant en tapinois de l'échange de partenaires, pourvu que l'on reste dans le beau monde ; adultères du silence ; concurrence complice ; fidélité vengeance et infidélité vengée ; et le divorce même, force de soutien et aboutissement du mariage aussi probable que la défaite au bout de la guerre), ont ceci de patriotique qu'ils n'endurcissent pas seulement au carnage : ils entraînent aussi les citoyens à l'économie de consommation. Leur programme opérationnel rejoint celui qui fait de nous des clients soumis. Ses phases passent du désir de l'objet à son acquisition en propriété privée (avec les variantes prévues par le code civil : nue-propriété, usufruit, co-propriété possible, servitude), puis de la jouissance au rejet, de l'usure au dégoût et au désespoir. Ces institutions mettent, en bref, le capitalisme à la portée de toutes les bourses. Qu'espérer de mieux pour faire oublier à l'humanité qu'elle possède, latents, d'autres pouvoirs ?

Mais le mariage, la famille, l'hérédité, les classes d'âge et autres formes de ségrégation et de solitude ne sont pas les seules écoles de guerre et d'économie concevables. A ceux que cette pédagogie ménagère ennuie, la mode officielle offre aujourd'hui l'alternative du sadisme de nostalgie (type *Portier de nuit*) ou de salon (genre *Histoire d'O*). Dans ces spectacles utiles, la femme battue, la femme aux liens, la femme percée est montrée contente de sa condition marquée, de sa nature de trou. L'homme évolué, le mâle de culture l'y rappelle à son animalité domestique, à sa différence. Et depuis quand les civilisés aiment-ils ce qui est différent d'eux ?

L'économie de guerre, pour être convaincante, a besoin de racisme. Le racisme sexuel ne s'en tient pas à humilier un être humain sur deux (la moitié de l'humanité qui ne sait pas pisser contre le mur) : il va chercher au fond d'égaux apparents des différences qui font honte. Déjà beau, dira-t-on, qu'on se contente aujourd'hui d'isoler dans des ghettos moraux et verbaux les partageux, les pédés, les filles qui s'aiment entre elles : la société, si elle avait le cœur moins tendre, pourrait tout aussi bien les exterminer, comme elle ne s'embarrassait pas pour le faire, en haute époque. Et si cela revenait au même ? Les nègres des Bantoustans ont, eux aussi, la liberté de crever d'infériorité arrogante, de séparation, de rancune. Nous sommes devenus trop émotifs pour brûler les déviants sur la place publique, mais nos regards et nos paroles savent encore très bien les faire mourir à petit feu.

L'érotisme peut-il quelque chose pour changer ces mœurs ? Et pourquoi la pornographie n'y peut-elle rien ? Il suffit, pour comprendre cette opposition, de comparer ce que l'un et l'autre proposent et leur style d'expression. La pornographie n'invente jamais : elle vit de répétition, de conformisme et de compromis. L'érotisme d'idée, lui, ne permet pas : il promet.

Ce que promet l'érotisme, c'est plus de sincérité, de générosité et de gaieté. C'est de travailler à organiser un monde où s'effacera peu à peu l'inégalité entre celui qui aime et celui qui est aimé. Un monde où l'amour et le sexe n'ajouteront pas des barrières arbitraires, inutiles, évitables aux limites inexorables que nous trouvons dans la Nature. Une liberté dont on saura quoi faire.

L'on en fera quoi, au juste ? Passera-t-on ses jours à rien d'autre qu'à faire l'amour ? Ne pensera-t-on plus qu'à imaginer des positions nouvelles ? En ce cas, où trouverons-nous le lieu et le temps de lire, d'écouter de la musique, de regarder les étoiles, nous femmes qui aurons toujours un homme sur (ou sous) nous ? Et où les hommes trouveront-ils assez de sperme pour tant d'orgasmes ?

A ces bêtises, répondons simplement que l'avenir de l'amour ne dépend pas de la position des corps au cours de l'étreinte, mais de celle qu'occupent les amants dans la société évolutive qu'ils tentent de former entre eux. L'avenir de l'amour dépend également des rapports d'intérêt et de compréhension que la société des amants réussit à établir avec le reste du monde.

Le coït, le mythe ne sont pas les objets de l'érotisme. L'objet de l'érotisme, c'est l'organisation mentale et sociale qui vise à transformer la sexualité, l'amour en sources de connaissance, de créativité et de changement, pour que devienne moins utopique la perspective d'une société heureuse.

En un mot, l'érotisme n'est pas sexuel, il est amoureux. En cela encore, il se situe à l'opposé de la pornographie. La pornographie, en effet, commence là où l'amour et le sexe sont présentés comme des choix antagonistes. Dans l'optique pornographique, les gens n'existent pas en dehors de leur sexe. Pour la pensée érotique, au contraire, le plus intéressant n'est pas le sexe, mais les gens.

Les caprices du sexe de ces gens n'ont, dès lors, guère plus qu'une importance esthétique. Ce sexe peut être mâle ou femelle, vieux ou jeune, blanc ou noir, expansif ou silencieux, profus ou parcimonieux, casanier ou aventureux, exogame ou incestueux : ce ne sont pas là, certes, des particularités sans intérêt, mais elles ne requièrent pas d'être soumises aux rigueurs de la loi. Ou alors, il faut aussi réglementer la couleur des yeux, la douceur de la peau, la mode des blue-jeans. L'on y viendra, d'ailleurs,n'en doutons pas, si l'on veut refouler l'érotisme.

La répression moralisatrice est ce qui fait de nous des obsédés sexuels. Cet enfantillage nous maintient en enfance. Le défi qui porte l'érotisme à ce retard mental est de vouloir aider à notre croissance en rendant l'obsession sexuelle sans objet. Nous ne serons vraiment intelligents, libres et capables d'altruisme que lorsque notre désir de relations humaines pourra s'exprimer par autre chose que par la copulation protestataire.

Nous ne tenons tant, à présent, à avoir des amants que parce que la société totalitaire de nos maris et de nos femmes nous empêche d'avoir des amis. Et nous avons besoin, un besoin désespéré d'amis, c'est-à-dire de personnes avec qui nous soyons libres de parler des idées que nous n'osons pas avoir, des actions que nous n'osons pas faire, des lieux où nous n'osons pas aller, des êtres que nous n'osons pas connaître, des rêves que nous n'osons pas rêver, des tristesses que nous ne pouvons pas expliquer.

Notre peur de confier à d'autres le secret de nos peurs est plus grande encore que notre timidité sexuelle. Bien souvent nous faisons l'amour seulement parce que nous n'avons pas le courage de rien faire de plus hardi.

Si l'érotisme se confond encore, pour beaucoup, avec la revendication sexuelle et conteste d'abord les limites qu'une morale ancienne trace entre les corps, ce n'est pas par passion sordide de la matière, c'est parce que le corps est esprit, cœur et rêve. S'intéresser au corps des autres, franchir la distance qui nous sépare de lui, combler de temps vivant les vides de l'espace, ce n'est pas vouloir s'approprier le bien d'autrui, ce n'est pas consommer un être humain comme une denrée, c'est désirer de le connaître, pour devenir peut-être capable de le comprendre, peut-être capable de l'aimer.

L'érotisme, somme toute, ne repose sur rien de plus — ni de moins — révolutionnaire que cette hypothèse : apprendre à aimer est aussi faisable que continuer d'apprendre à tuer.

Les révolutionnaires auront fait un progrès d'objectivité lorsqu'ils auront reconnu que l'érotisme véritable n'est pas une idéologie de diversion, destinée à distraire des choses sérieuses, mais au contraire, si estomaquant que cela paraisse, qu'il est l'idée qui nous libérera de l'obsession du sexe, pour que nous puissions enfin penser à autre chose.

Nous ne serons jamais en mesure de conquérir la liberté et la dignité dans nos relations de travail si nous ne nous efforçons pas en même temps de rendre libres et dignes nos relations amoureuses. Proclamons donc, si nous voulons sincèrement construire un monde qui ne soit pas une simple répétition de l'ancien, que l'amour est un besoin prioritaire, au même titre que la justice sociale, la connaissance et la liberté. Au mariage de domination et d'exploitation, substituons un rapport encore inconnu : ce « goût de l'homme pour l'homme, sans lequel, disait Albert Camus, le monde ne sera toujours qu'une immense solitude ».

Aucune entreprise politique n'a de sens si elle ne s'accompagne pas d'une nouvelle idéologie de l'amour : une idéologie d'adulte, non de mineur protégé ; une idéologie qui soit à l'image de la société que nous nous sentons capables d'inventer : libératrice, solidaire, confiante, reposante, juste.

Pour avancer dans cette voie, je propose que nous réservions donc, désormais, le nom d'érotique à tout ce qui se fait dans un autre climat que celui de l'exclusion et de la solitude et pour d'autres raisons que la peur.

La pornographie du pouvoir n'a, l'on s'en rend

compte, rien de commun avec cette volonté. Instrument de conservation et de profit immédiat, elle entretient délibérément l'exclusivisme, la ségrégation, la solitude et la peur du sexe, pour que l'idée ne nous vienne pas de nous guérir d'autres habitudes. Celle, par exemple, de nous laisser exploiter.

V

Routes et déroutes de sable

Dois-je me déshabiller, mon seigneur ?

A chacun sa schizophrénie ! L'anonymat est la mienne.

Je ne fais pas parade de mon horreur de la publicité comme d'une vertu : sachant qu'elle me singularise et m'isole au milieu d'une société où le boniment est une obligation morale, je la confesse comme une déviance.

Déballer mon identité devant l'interviewer ou le photographe me fait souffrir comme la lumière fait mal aux yeux des albinos. Me vanter ou m'excuser de cette indisposition physique me semblerait toutefois aussi absurde que de tirer gloriole de la couleur de mes cheveux.

J'admets même que ce goût de l'ombre et du silence me rend incompréhensible et suspecte à ceux qui naissent avec la passion de la renommée inscrite dans leurs gènes. Je me résigne à la dureté d'un monde obsédé de catégories et de conformismes, où les femmes et les hommes à peau noire paraissent d'une autre espèce que ceux à toison blonde ; un monde où ceux qui vieillissent ne peuvent pas comprendre ceux qui naissent ; un monde où ceux qui rêvent de pouvoir méprisent ceux qui sont fatigués de violence ; un monde où les femmes attendent d'apporter la vie et les hommes croient porter la mort ; un monde où l'homme est devenu ancien et la femme est restée future.

Je n'espère donc pas être mieux comprise de ce monde en me cachant. Mais je sais que je suis plus incomprise encore si je me montre. Non parce que je suis désespérément différente des autres : mais simplement parce que je suis autre. Nous avons tous horreur des autres.

Pourquoi feignons-nous, alors, de nous intéresser à eux ? Parce que nous sommes aussi étrangers à nous-même et que le tête-à-tête avec notre image dans la glace nous fait peur.

Pour échapper à cette solitude, nous pourrions nous faire des amis réels, des amis d'esprit et de chair. Mais le refuge dans la fiction nous semble plus sûr, parce que l'irréalité engage moins.

Des illusionnistes politiques, des prêcheurs de religions sans conséquence, des prophètes de malheurs improbables — ou, pour les plus imaginatifs d'entre nous, des conteurs, des montreurs de marionnettes, des acteurs, des chanteurs — deviennent ainsi nos compagnons de tous les jours, compagnons préférés parce que nous n'assumons pas d'obligations envers eux : ce sont à eux que nous demandons d'avoir des devoirs envers nous.

Cette confiance abstraite que nous leur faisons ne signifie d'ailleurs pas que nous nous attendions à ce qu'ils tiennent mieux que nous-même leurs engagements. Personne, dans notre culture finissante, ne demande que les mots soient suivis d'effet. Dans la civilisation de la parole, la parole ne peut plus être tenue. La seule règle qui reste inexorable est le devoir de s'en tenir aux apparences.

Parés de leur livrée d'art, auteurs et acteurs sont, plus que d'autres, chargés de maintenir ces apparences. Et l'on attend d'eux non seulement qu'ils en exaltent le bon usage, mais qu'ils démontrent, par une présentation de mode au sourire inlassable, la gratitude qu'ils éprouvent pour ce statut de mannequins.

Dans notre société féodale, l'intérêt du public impose donc en permanence à l'artiste un état d'obligé. Il est censé sortir vassal d'un spectacle où le spectateur applaudit. A chaque succès qu'on lui concède, il doit renoncer un peu plus à sa liberté.

L'un des devoirs de cuissage exigés de lui consiste à mettre à nu ses pensées privées, sa vie personnelle, ses affections secrètes et les offrir, jambes écartées, à la suzeraine libido du public. Le bon artiste, celui qu'on aime caresser, doit tenir du matin au soir et du soir au matin la pose soumise de la fille de manant qui, dans le film *The War Lord,* n'avait pas d'autre rôle à jouer que de mettre le genou en terre devant Charlton Heston et dire : « Shall I undress, My Lord ? » (mon seigneur veut-il que je me déshabille ?).

L'obédience à des rites, liges ou scéniques, sociaux ou snobs, laïcs ou sacrés réduit tôt ou tard à un état de dépendance bêtifiante l'esprit le plus original, au même degré que la soumission sans limite conduit à l'imbécillité l'amant le plus estimable. Ce rapport de domination ne paraît pourtant empêcher de dormir aucun révolutionnaire. Est-ce que la liberté des artistes n'aurait d'intérêt pour personne, en démocratie comme en régime totalitaire ? Les hommes de police et d'Eglise, certes, ont toujours pensé que le meilleur amuseur était le plus discipliné, mais la société de justice qui continue de hanter nos rêves contrôlera-t-elle aussi, pour notre bien, ceux dont nous espérons le progrès de nos désirs physiques, de notre sens de la beauté, de nos pleurs et nos rires ?

Je fais trop d'histoires, me dira-t-on, pour une bien minime atteinte à la liberté : la curiosité de son public n'est pas forcément pour l'artiste une inquisition ; et la fonction artistique, tout le monde le sait depuis belle lurette, est incompatible avec le droit de l'artiste au secret de sa vie privée. Ecrire, me fait-on valoir, c'est s'exposer à être jugé pour ses mœurs et son caractère autant que pour son œuvre. Faire un film, c'est prendre le risque de déplaire comme homme ou comme femme autant que comme auteur. Etre acteur, c'est accepter de se montrer, vêtu et nu, à la scène comme à la ville. Comment peut-on, sans entorse à la logique et à la bonne foi, s'engager dans ces activités de représentation et prétendre à l'anonymat ?

Mes contradicteurs contemporains ont, de toute évidence, oublié qu'Homère et Shakespeare se sont si parfaitement dissimulés sous leur pseudonyme qu'on ne sait toujours pas réellement qui ils étaient. Pas plus qu'on ne connaît le nom de la plupart de ceux qui ont peuplé la terre de Vénus de marbre, de Bouddhas de bronze et de Christs de bois. Pas plus qu'on ne peut dire avec certitude qui construisit les temples grecs, khmers ou mayas, et les cathédrales, ni qui inventaient sur les routes, ou de cour médiévale en cour renaissante, les sagas et chansons de geste.

Je ne vois vraiment pas pourquoi l'auteur ou l'acteur moderne devrait se croire tenu, plus que ces créateurs antiques, à faire étalage de ses cancers et de ses chagrins d'amour en public. L'acteur, notamment, est par définition celui qui cherche à donner vie à une personne distincte de lui-même. Il s'efface devant l'être fictif qu'il interprète. Il oublie, le temps d'un rôle, la réalité de ce qu'il est pour que, le temps d'un rêve, puisse exister quelqu'un d'autre.

Il y réussit, selon moi, d'autant mieux qu'il renonce à se faire connaître en tant qu'existant quotidien.

J'ai déjà dit (c'est là un de mes soucis et je ne me répète pas par hasard) que celui qui écrit ne devrait, de son côté, se soucier que des personnages qu'il met au monde. Les inventer et les aimer suffit à honorer son nom et justifier sa vie. A leur portrait il n'a pas besoin d'ajouter le sien.

Je continue plus que jamais de penser qu'un écrivain, un metteur en scène, un peintre, un acteur ont, chacun à leur place, droit au grand nom d'artiste quand ils nous demandent de juger ce qu'ils font, non ce qu'ils sont.

Lorsqu'ils s'exposent en même temps que leur œuvre, ils ne se comportent pas en artistes, mais en objets. Ceux d'entre eux qui se prêtent à cette aliénation peuvent être de vrais créateurs : ils font parfois aussi de bonnes marionnettes, mais dont ils cessent de tirer les fils à leur guise. Le tour fini, la farce jouée, ils se retrouvent seuls, comme les objets le sont toujours.

Suis-je anormale, asociale, impudique si, à moi, tirer comme bon me semble les ficelles de personnages inventés fait plus plaisir que de jouer ma propre vie sur le devant de la scène ? Est-ce là une faute contre la solidarité, dont je devrais demander pardon ? Je sais qu'éditeurs et lecteurs tiennent beaucoup à croire que mes romans sont autobiographiques. Est-ce vraiment par intérêt pour moi ? Ou bien me jugent-ils trop dénuée d'imagination pour avoir su inventer des héros plus intelligents, plus hardis, plus heureux et plus beaux que moi ?

Leur doute, je le déclare sans fausse politesse, fait injure à ma dignité d'artiste. Et celle-ci compte davantage à mes yeux, tout bien pesé, que la popularité que je pourrais conquérir à force d'aveux intimes et de feinte convivialité.

Je ne me suis jamais posée, que je sache, ni en pénitente, ni en mémorialiste, ni en miroir de mon temps. Je suis donc fondée à réclamer, en échange, que mon temps m'ignore.

Oui, je le sais aussi : je devrais savoir plus de gré au système social qui me nourrit. Et je devrais me souvenir que, dans le monde où je suis née, le premier devoir est de devenir riche. Je serais respectée davantage, si je savais gérer ma réputation comme une affaire, avec un budget de publicité, un appareil de relations publiques, d'esbroufe et d'affiche. J'aurais une maison plus confortable et de profondes et longues autos. Sûrement. Mais voilà ! Serais-je plus heureuse — c'est-à-dire plus libre ? Et me sentirais-je plus fière ?

Connue, je laisserais sans doute un héritage. Anonyme, je laisserai peut-être un nom...

Continuer ?

Finies les vacances, n'avons-nous d'autre perspective que de renouer avec nos anciennes fonctions, nos vieilles habitudes ? Aucune autre possibilité ne nous est-elle offerte que celle de reprendre notre vie quotidienne, notre train-train, nos routines, là où nous les avions laissées au début de l'été ? De printemps perdus en automnes désenchantés, continuerons-nous de dévider ainsi notre part de temps, comme les araignées tissent leurs toiles, sans jamais en changer le dessin, au lieu de décider enfin que notre rôle est d'innover ?

Certes, je sais que la majorité des vivants n'a pas d'autre désir que de *continuer*. L'invariance des soucis et des buts, la répétition des pensées et des gestes paraissent des garanties de sécurité. Et la sécurité tente la plupart des hommes et des femmes plus que le bonheur.

Mais je n'ai pas oublié, non plus, que le seul avenir concevable par les personnages du *Huis-Clos* de Jean-Paul Sartre s'exprime, dans la dernière réplique de la pièce, par cette constatation : « Eh bien, continuons ! » — et que ces personnages sont des pensionnaires de l'Enfer !...

Si nous-mêmes n'avons pas d'autre ambition que celle de durer sans changer, nous ne pouvons donc pas nous plaindre que nos existences soient, au sens propre du mot, infernales. Car personne — ni hommes ni dieux — ne nous a condamnés à cet enfer : nous nous y enfermons librement.

Une trouvaille de la théologie chrétienne qui a, à cet égard, lieu d'étonner et qui, à dire vrai, m'a toujours semblé admirable est celle-ci : il est dit que, lorsqu'un croyant meurt, il ne passe pas vraiment en jugement devant un tribunal divin : c'est lui-même qui, revoyant ce qu'il a fait de sa vie, et témoignant pour la première fois d'un sens infaillible de la justice, choisit spontanément d'aller au Paradis, au Purgatoire ou en Enfer, selon ses mérites.

A mieux y réfléchir, toutefois, cette responsabilité me paraît assumée trop tard ; et cette impartialité de jugement, trop désincarnée pour être tout à fait honnête. L'éternité est un faux-fuyant bien commode pour ceux qui ont toujours eu peur de vivre. Mieux vaudrait que nous nous efforcions d'exercer notre esprit d'équité et notre clairvoyance en ce monde : pour nous faire plaisir, par exemple, et faire plaisir aux autres, plutôt que de différer notre récompense et la leur en spéculant sur l'Au-delà.

Mais comment savoir ce qui est notre bien et être sûr de ce qui fait du bien aux autres ?

Il n'existe nulle part de valeur absolue. La seule qualité intelligible d'une action réside dans son adéquation au but poursuivi. Autrement dit, nous pouvons légitimement penser que nous agissons bien lorsque nous adaptons efficacement notre conduite au résultat que nous voulons obtenir. Inversement, nous sommes des imbéciles et méritons notre malheur si nous désirons quelque chose, mais faisons tout pour ne pas l'avoir.

Or, je crois bien que c'est à ce second mode d'activité que nous consacrons le meilleur de notre temps...

Si j'ai rendu tout à l'heure hommage à la psychologie de l'Eglise, lorsqu'il s'agit d'imaginer notre futur bon sens (celui qui nous permettra de discerner le bien du mal, *après* notre mort), je me garde, comme on le sait, de ressentir autant d'estime pour les règles morales que ce pouvoir édicte pour la vie présente. Cette morale et ses règles, dépouillées de leurs fioritures de style, reposent en effet sur un principe unique et simple : *tout désir est mauvais.* En vertu de quoi, l'assouvissement du désir est toujours un mal, l'intelligence que nous mettons à adapter les moyens de notre action aux fins de nos désirs est nécessairement pervertie, et le plaisir, fût-il éphémère, que nous éprouvons à satisfaire ces désirs sera obligatoirement payé d'une souffrance éternelle.

L'Enfer chrétien est donc l'opposé de l'enfer existentialiste, c'est-à-dire de l'enfer humain. Ce dernier nous punit, durant notre vie même, de notre timidité à désirer, de notre paresse à imaginer, et de notre manque de hardiesse dans la poursuite de la satisfaction du désir. L'Enfer de Dieu, au contraire, guette ceux qui veulent savoir davantage, savoir « autre chose », savoir toujours plus. Il piège tous les curieux de l'inconnu. Il est promis aux amateurs d'expériences, aux chercheurs de nouveauté et aux purs d'esprit pour qui aucun fruit de ce monde ne peut intelligiblement être défendu.

En somme, notre destin est clair : il n'y a, nulle part, pour personne, de Paradis : nous n'avons le choix qu'entre deux enfers.

Je n'ai, pour ma part, jamais rien dit d'autre que ceci : il nous faut décider lequel de ces deux enfers nous fait le moins peur — et choisir de croire à l'un où à l'autre dès maintenant. Quand nous serons morts, il sera trop tard.

Cette situation a-t-elle de quoi nous déprimer ? Ou suis-je pessimiste ? Mais non ! Le choix proposé est d'une facilité dérisoire, et qui devrait ravir notre inépuisable sens de l'humour — puisque *l'un de ces deux enfers n'existe pas !* L'Enfer de Dieu est aussi imaginaire que la vie éternelle. Nous n'avons réellement d'enfer à craindre que sur cette Terre, durant notre vie mortelle : notre seule vie, notre seul destin.

Je n'écris pas cela pour polémiquer avec l'Eglise. D'autres s'en sont chargés, de tout temps, et s'en chargent encore, sûrement mieux que moi. Et pourtant, semble-t-il, leurs efforts ne servent pas à grand-chose : les hommes croient — *continuent* de croire — parce qu'ils *veulent* croire, non parce que quelqu'un les y oblige.

Et que l'on ne vienne pas me parler, à ce sujet, comme aucun cuistre n'y manque, de conditionnement mental et social atavique et irrémédiable. L'archéologie de la psyché et celle de la condition humaine tournent à la religion (et ne valent pas mieux qu'elle, en matière d'objectivité et comme outil de connaissance), lorsqu'elles font de nous les créatures et les jouets de puissances invisibles — l'Histoire, avec un grand H, remplaçant Dieu — et réintroduisent ainsi la transcendance dans nos vies. Cette foi moderne est un alibi qui n'excuse pas davantage notre soumission à la fatalité que ne l'excusait, aux yeux de la pensée scientifique, la foi primitive. Toute foi me fait horreur et je n'écris pas pour souffrir.

... J'écris pour quoi, au fait ? Pourquoi *continué-je* d'écrire, moi qui vois que la continuité est diabolique ?

Je viens de dire que disputer savamment de l'existence ou de la non-existence de Dieu, du Diable et de l'Eternité ne convainc personne, et que c'est donc un effort inutile. Eh bien, de la même façon, je sais parfaitement que mes livres et mes articles — ni plus ni moins, d'ailleurs, que tout ce qui se publie d'autre en ce domaine et en ce sens — n'ont jamais réussi à persuader qui que ce soit qu'il s'inflige un mal évitable et absurde en se montrant possessif et jaloux en amour, en se masturbant avec honte et remords, en n'osant goûter de bon cœur et joyeusement de maints plaisirs cérébraux et physiques, personnels ou communs, solitaires ou publics, qui ne peuvent pourtant faire de tort à personne, surtout pas à lui-même.

Les statistiques que je lis semblent toutes indiquer que les idées et les sentiments des adolescents sur l'amour, le plaisir, le mariage, la liberté sont, à peu de choses près, identiques à ce que pensaient de ces notions et de ces institutions, il y a vingt ans, leurs aînés. De même, les comportements de l'immense majorité des hommes et des femmes à l'égard de ce qu'ils continuent d'appeler avec antipathie « expériences sexuelles prémaritales », « adultère », « homosexualité », « plurisexualité », « inceste », « perversions », « pornographie », etc., ne sont pas différents, après une prétendue « révolution sexuelle » de près d'un quart de siècle, de ce qu'ils étaient avant elle. Alors, qu'espérer ?

Sans aucun doute, on se récriera que j'exagère ou que je me trompe. On me fera valoir que l'érotisme règne en maître sur la littérature, la photographie et les arts plastiques ; que la presse fait quotidiennement place au sexe et à la nudité, que les femmes peuvent désormais sans risque montrer leurs seins sur les plages et tout leur corps sur certaines d'entre ces plages : qu'il n'existe pratiquement plus de scène de théâtre où un acteur ne surgisse, à un moment ou à l'autre, vêtu de sa seule bonne volonté ; et que le cinéma, enfin (cible privilégiée, pourtant, de la pudibonderie officielle et victime avilie de l'autocensure et de la sottise des producteurs) montre désormais « presque » tout. La télévision, promet-on chaque jour, bientôt suivra.

C'est possible. Mais les gens réels, eux, vivent-ils plus librement qu'autrefois ? Pensent-ils plus audacieusement, plus intelligemment, plus objectivement ? Ressentent-ils des plaisirs qu'ils ne connaissaient pas avant ? Sont-ils plus heureux ensemble ? Ou bien la liberté, la convivialité et la conscience n'ont-elles fait de progrès que chez les écrivains, les journalistes, les photographes, les comédiens et les metteurs en scène — c'est-à-dire chez ceux qui, de toute façon, ont toujours été (ou voulu être) différents ?

Et ceux-ci, ces « artistes », comme les autres les appellent souvent avec une tolérance condescendante et sceptique, pour ne pas dire avec prévention et hostilité, n'écrivent-ils, n'inventent-ils, ne représentent-ils, ne jouent-ils, en fin de compte, que pour eux-mêmes, pour se faire plaisir à eux seuls, pour s'amuser entre eux, sans avoir véritablement la moindre influence évolutive sur la société « extérieure » et sur les mœurs communes ?

Par-dessus le marché, poser cette question ne constitue-t-il pas un exercice inutile de plus ? Qui ne sait, en effet, qu'à tout problème sociologique il s'offre autant de réponses qu'il y a de gens capables d'ouvrir la bouche ? Je ne doute pas que je trouverais un nombre égal de lecteurs prêts à démontrer le rôle déterminant de la littérature et de l'art dans l'évolution des comportements sociaux et des idées morales que j'en découvrirais pour me prouver la vanité de ces moyens.

Si je perds, chaque jour un peu plus, le courage d'écrire, c'est bien parce que l'hypothèse de l'inutilité de la parole l'emporte dans mon esprit. A tort, à raison ? Je ne le saurai jamais. Personne d'autre ne le saura davantage.

Pourquoi, alors, suis-je, une fois de plus, en train d'écrire ? Est-ce parce que déblatérer contre « les mots » est, pour tout écrivain, comme pour Sartre, une coquetterie qui ne l'engage à rien ? Une manie futile de son métier ?

Pas plus maintenant qu'avant, je ne me crois capable de convertir autrui. Ni plus désireuse, d'ailleurs, de le faire. Je ne me suis jamais senti la moindre vocation missionnaire et je ne me conçois pas mieux en militante. Seulement ceux qui pensent déjà comme moi, ceux qui partagent depuis toujours mes certitudes et ma manière de vivre m'assurent que *je leur fais plaisir*, en disant à haute voix ce qu'ils aiment entendre dire ; en écrivant ce qu'ils aiment lire ; en leur tenant compagnie ; en leur faisant savoir qu'ils ne sont pas seuls au monde, qu'ils ne sont pas isolés de tout, maudits par tous. Ecrire, donc, n'est peut-être rien d'autre qu'un acte d'amitié.

Est-ce aussi un devoir ? Lorsque je cesse d'écrire, mes amis me reprochent de profiter de leur amitié sans rien faire pour la mériter. Devraient-ils être les seuls à travailler pour me rendre heureuse ?

Ils me rappellent ce que j'ai déjà dit, en leur nom et au mien : *« Je rêve, oui, mais je ne m'attends pas à ce que mes rêves deviennent réalité. Je n'ai pas de peur. Je n'ai pas d'espoir. Donc, je suis libre. A qui désire sans peur ni espoir, tout est possible. »*

Si, plaident mes amis, je me taisais maintenant par espoir déçu, cela voudrait dire que j'espérais sans l'avouer. Si je renonçais à écrire, parce que mes rêves ne se réalisent pas, c'est que j'avais foi en eux sans le savoir. Si je cessais de parler aux autres, c'est que leurs idées et leurs actes me feraient peur, sans que j'ose le reconnaître.

Ainsi mes amis me font-ils comprendre que me taire serait me contredire, me renier. Ils pensent que je dois « continuer ».

Continuer ? Comme les damnés de Jean-Paul Sartre ?

Ou bien existe-t-il des persévérances qui ne pavent pas l'enfer ? Ecrire sans répit ni cesse est-il, pour l'écrivain, l'unique manière possible de chercher du nouveau ? N'a-t-il pas d'autre chance de trouver l'« ailleurs » que son intuition lui fait pressentir sans lui en révéler la direction ? Et doit-il accepter cette continuité-là (« Enfer ou Ciel, qu'importe ? ») pour qu'il lui soit permis (et, avec lui, à d'autres) de muter sans fin ?

Peut-être. Cette hypothèse, par le seul fait qu'elle soit désormais inscrite dans ma tête, ne m'oblige-t-elle pas, en tout cas, à renoncer à une part de ma liberté ? Mais c'est ce que font tous ceux qui choisissent d'aimer. Aimer, c'est se déranger.

C'est aussi, bien sûr, déranger les autres ! L'écrivain qui renonce à la liberté d'être seul ne sait pas vivre sans faire vivre.

Cette dernière certitude devrait au moins m'éclairer sur un point : un monde où l'on vit de faire vivre ne sera jamais un enfer.

Soixante-neuf

Dans des pays où j'aime retourner souvent, la Suède, le Danemark, mais des villes où je ne suis jamais venue auparavant et où personne ne me connaît, Sandhamnsgatan. Kaerlighedensvejeogvildveje, l'on me donne, dans deux hôtels successifs, une chambre qui porte le même numéro : 69.

Ce hasard m'enchante. Comme l'amour, un voyage n'est réussi que lorsqu'il est un jeu. Les vraies routes sont celles qui ouvrent la bouche et le sexe et qui déroutent vers le sable.

J'aime qu'on me baise dans la bouche comme on baise le sable. Etre plage léchée par des langues de mer. Les verges aiment éjaculer dans le sable des plages. Les vulves aiment être caressées par les algues de mer.

Le sable rend l'amour à sa destination première, qui est jeu. Jouer et jouir sont une seule et même raison de creuser le sable de l'espace et le sable du temps. L'amour n'est possible qu'à ceux qui ne prennent pas le jeu au sérieux. Il ne débouche sur le plaisir que si l'on prend le jeu au sérieux.

Le sexe débouche dans la bouche parce que l'amour cherche à savoir. Le savoir, le jeu, la jouissance ont besoin de nombres. 69 est un nombre savant, un chiffre qui porte chance aux joueurs et un code qui fait dialoguer le désir.

Le savoir ne fait des progrès que lorsque le désir lui

sert d'aiguillon. Même le chercheur qui se veut le plus désincarné ne cherche, en réalité, qu'à jouir. Jouir d'une solution trouvée, ou simplement d'une étude entamée, n'est pas une luxure moindre que jouir d'un sexe embrassé.

Mais embrasser un sexe est accessible à un plus grand nombre. Le soixante-neuf est une entreprise de recherche qu'on ne peut soupçonner d'élitisme et qu'anime pourtant un idéal. Sa finalité est plus intellectuelle que physique. C'est une méthode de découverte, une attitude exploratoire, une hypothèse qu'on met à l'épreuve, autant pour ses développements aléatoires qu'en raison de ses mérites connus.

Si je ne craignais de paraître prétentieuse, je n'hésiterais pas à attribuer à cette pratique des vertus proprement « heuristiques » : les logiciens désignent par là les formulations dont on ne cherche pas à savoir tout de suite si elles sont vraies ou fausses, mais qu'on adopte à titre provisoire, comme idées directrices dans la quête d'une vérité. Puisque le jour n'est pas à l'analyse épistémologique, mais au divertissement, je vais m'efforcer de mettre en lumière les qualités et aspirations plus immédiatement démontrables du soixante-neuf.

Sa nature artistique, tout d'abord, a valeur d'évidence. Devant deux corps inversés, qui ne songe à une création de sculpteur, épris de symétrie et d'équilibre et sûr de la beauté émouvante de sa vision ? Il y a gros à parier, à ce propos, que le taoïste oublié à qui, il y a quelques millénaires, il prit fantaisie de figurer l'espace intime de l'univers par le *taï-ki* (que l'on voit encore aujourd'hui sur le drapeau sud-coréen) était plus soucieux d'art humain que de physique ou de métaphysique. Sinon, l'idée ne lui serait probablement pas venue de diviser diamétralement un cercle par la plus harmonieuse des sinusoïdes et d'énoncer que le tête-bêche (ou tête-à-queue ?) ainsi produit représentait le *ying* et le *yang*, symboles, comme on sait, de la femme et de l'homme, mais dont on néglige habituellement de noter qu'ils sont occupés à toute autre chose qu'à se reproduire.

L'harmonie est, sans conteste, pour l'artiste une valeur spirituelle, affective et morale plus que biologique. Rien d'étonnant, donc, à ce que le soixante-neuf soit un exemple privilégié de parité et de synchronie entre les sexes. Cette conjonction dose avec une équité sans pareille l'égoïsme qui cherche à jouir et l'altruisme qui veut faire jouir. Chaque partenaire offre à l'autre un plaisir semblable au plaisir qu'il attend, et il le lui offre non pas en promesse, mais en même temps : honnêteté rare, au sein du couple, où les marchés à terme sont de règle.

Le soixante-neuf est donc tendre : car la peine que ses pratiquants prennent à assurer la coïncidence et l'équivalence de leurs attentions est, par excellence, un acte d'amour.

Songeons, incidemment, à ce que cette réciprocité d'intentions devrait avoir de rassurant pour les susceptibilités psychologiques et sociales les plus ombrageuses de notre temps... En effet, il se prête au plus mal, ce partage bien réparti, aux tentations réputées omniprésentes de la réification : on ne fait pas de soixante-neuf avec un objet.

Le soixante-neuf est un rapport entre sujets que l'interchangeabilité rigoureuse des desseins et le parallélisme sans défaut des postures rend égaux. Aucune supériorité de droit et de fait, ni aucune infériorité de chair et d'esprit, ne sont perceptibles dans son agencement. Il n'est nullement requis, en effet, que l'un des exécutants se superpose à l'autre. C'est l'une des circonstances où s'applique à merveille la pertinente observation d'Ovide, dans l'*Art d'aimer* : « Vénus a mille manières de prendre ses ébats, mais la plus simple, la moins fatigante, est de rester à demi penchée sur le côté droit. » (Il m'a toujours paru, du reste, que le côté gauche fait tout aussi bien l'affaire.) Et l'amant de Vénus, dans l'un et l'autre cas, ne peut alors qu'adopter la même posture et refléter ainsi son narcissisme asexué dans un miroir troublé et troublant.

Asexué, oui. Le soixante-neuf est la moins sexiste de toutes les étreintes possibles. Si chatouilleuse soit-elle, aucune féministe ne devrait donc lui refuser le *nihil obstat*. Cette manière de faire l'amour ne postule même pas que le sexe de ses exécutants soit différent. Un soixante-neuf peut être tout aussi réussi dans sa forme et satisfaisant dans ses effets, qu'il soit pratiqué entre un homme et une femme, ou entre un homme et un homme, une femme et une femme, ou tout autre genre présent, passé et futur.

Qui mieux est, la virginité de celle qui s'y livre cesse d'être un obstacle ou un avantage. Et la virilité de celui qui y participe n'a plus, de son côté, à ce niveau de l'art, qu'une importance dimensionnelle et dynamique toute relative.

Autre bénéfice : le soixante-neuf — y pense-t-on assez ? — est éminemment civique et humanitaire, à une époque où le pullulement démographique menace la Terre d'un retour durable à la barbarie. Ce dispositif est plus sûrement contraceptif que la pilule, il n'expose pas au trauma de l'avortement et l'on ne sache pas qu'il ait jamais causé aucune guerre.

Ses vertus pacifiques tiennent vraisemblablement au fait que le soixante-neuf n'est ni fanatique dans ses principes ni limitatif dans ses options. Il n'exclut nullement la coexistence des goûts : sa propre nature non naturelle et sa conformité non conformiste forment l'esprit et le corps de ses adeptes à être curieux de tout nouveau monde et friands de tout nouveau nombre.

Le soixante-neuf est, en effet, la préparation la plus normale à l'exploration du 669, du 699, du 696, du 966, du 969 et des multiples autres combinaisons d'éléments que permettent la souplesse de la matière et l'ambiguïté de l'antimatière. Dans l'arithmétique sans dogmatisme qui lui sert d'instrument de reconnaissance, les séries, en vérité, sont sans fin. Et leur étrangeté la plus réjouissante réside dans le fait qu'il suffit d'ajouter une simple unité à chaque système pour le décupler... Voyez plutôt : 666 devient 6666 et 999 s'épanouit en 9999. Rien n'empêche d'aller plus loin : encore un autre participant et le plaisir de tous est centuplé ; deux, et il est multiplié par mille. Il faudrait être affligé d'une ignardise de moraliste pour prétendre, après cela, que le sexe est un terrain limité.

L'intolérance est à ce point étrangère à la science et à l'art véritables qu'aucun des familiers du soixante-neuf ne voit même d'objection à ce que des contestataires arborent, par exemple, des tee-shirts ornés du chiffre 68. Je suis moi-même sans préjugé à ce sujet et, pourvu que ces imaginatifs veuillent bien m'expliquer comment ils s'y prennent, je me ferai une joie d'essayer leur formule. A moins qu'il ne s'agisse tout bonnement que d'hypocrites ou de timides, qui célèbrent le moins parce qu'ils n'osent risquer le plus ?

Encore en pareil cas, d'ailleurs, je ne leur ferai pas grief de leur détour : la largeur d'esprit ne peut se donner de limites. Il n'existe qu'une chance de progrès pour notre monde : la volonté de tout admettre ; le soixante-neuf, certes, mais pas que lui. Nous ne finirons d'être les sauvages cruels et les primitifs ignorants et bornés que nous sommes que le jour où nous renoncerons à décrier, condamner, tourmenter, tuer de honte non seulement ceux qui préfèrent les hommes aux femmes et celles qui préfèrent les femmes aux hommes, mais aussi ceux et celles qui aiment les enfants et les vieux, les laids et les fous, les sombres et les bègues, les nymphomanes et les impuissants, les prostituées et les obsédés, les masturbatrices et les voyeurs, les machines et les chiens.

Tout à l'heure, je blaguais moins que je ne m'en

donnais l'air, quand je disais que le soixante-neuf est une quête intellectuelle. En réalité, je ne faisais qu'exprimer ce qui devrait être un truisme : car *tout,* sur cette terre, est désir tâtonnant, espérance incertaine, attente d'autre chose, latence consciente ou inconsciente de notre pouvoir de changement.

Aucun de nous ne serait uniquement hétéro ou homosexuel, fétichiste ou exhibitionniste, onaniste ou frigide, si le classement en catégories immuables que nous assignent le regard et le jugement des autres ne nous éternisait dans nos premiers hasards. Nous restons étiquetés hommes qui aiment les hommes, femmes qui aiment les bêtes, ou solitaires qui aiment les choses, parce que la société ne nous laisse pas chercher ailleurs et tenter de trouver quelqu'un qui serait peut-être différent de nous et à qui nous sommes peut-être semblables.

Personne, en vérité, n'aimerait que peu de gens ou que peu de choses, si on lui permettait d'aimer tout.

Et nul d'entre nous ne serait, jusqu'à sa mort, comme il l'est à présent, seulement ce qu'il *a été.* Nul ne passerait ainsi sa vie invariable à apprendre à mourir.

Toute expérience peut donner le goût d'une expérience opposée. Toute idée peut accueillir son contraire. Il ne devrait y avoir ni reniement ni ridicule à transhumer du soixante-neuf au coït, de la masturbation à l'amour à trois et de bras féminins à des bras masculins — et retour. Il ne devrait pas être *mal* de tout désirer, de vouloir tout connaître et de tout essayer.

Cette civilisation de l'universel deviendra-t-elle, un jour, vraiment la nôtre ? C'est possible, si nous décidons enfin d'être libres *ensemble.*

Pour ma part, je ne fais rien d'autre qu'appeler à cette liberté commune. Si je ne tourne pas bibliquement soixante-neuf fois neuf fois ma langue dans ma bouche pour répéter sous six mille neuf cent soixante-neuf formes, sans scepticisme, passionnément, cet appel, c'est parce que j'ai appris, de l'amour que j'ai donné et de l'amour que j'ai reçu, qu'il ne me suffit pas, pour être heureuse, d'être libre : il faut que d'autres le soient avec moi.

Il faut que *tous les autres* le soient avec moi.

La solitude de la liberté, comme la solitude de la pensée, est suicidaire. Je ne veux pas être libre de mourir seule, je veux avoir assez d'amis et d'amies pour pouvoir vivre.

Je parle et parlerai toujours à tous les hommes et à toutes les femmes, qu'ils m'écoutent ou non, qu'ils m'ignorent ou non, qu'ils approuvent ou se moquent, comme les amants heureux chantent publiquement leurs raisons de vivre, leur jeu de vivre... Un jeu qui change avec les jours et les âges, avec les corps et les mots, avec les sexes et les cœurs, avec les pleurs et l'oubli, mais dure autant que l'esprit cherche encore.

Aujourd'hui, ainsi, comme ces amants, je chanterai l'amour d'une fille brune et d'une fille blonde, dont l'une est peut-être moi, l'autre peut-être quelqu'un que j'attends de connaître. Deux femmes comme la possibilité en existe sur terre par milliards, mais dont la rencontre est chanceuse et rare. Deux femmes nues, qui pourraient aussi être un enfant jaune et un oiseau bleu, un homme noir et un drapeau rouge.

Je chanterai pour que ceux qui me ressemblent sans le savoir se reconnaissent dans leurs rêves et pour que ceux qui diffèrent de moi se sentent moins seuls.

Chant de la brune :

Tu es blonde et tu me ressembles
Quand tu es nue,
Mon amoureuse !
Tes seins sont ronds comme les miens,
Mon souffle est chaud comme le tien,
Ton cœur est fou comme le mien,
Mon rêve est doux comme le tien.

Chant de la blonde :

Tu es brune et tu me ressembles
Lorsque tu m'aimes,
Mon amoureuse !
J'ouvre mon ventre avec tes mains,
J'enfonce tes dents dans mes reins,
Je me séduis par tes caresses,
Je t'engage par mes promesses.

Chant de la brune :

Ton corps est blond, mon corps est brun :
Ils ne font qu'un
Entre amoureuses !
Quand ma langue lèche ta source,
Quand ton sexe mouille ma bouche,
Quand ma gorge boit ton désir,
Je jouis de ce qui te fait jouir.

Chant de la blonde :

Tu es ma nuit, je suis ton jour !
Double est l'amour
Des amoureuses :
Quand nos bras et jambes se mêlent
En nous faisant deux fois plus belles
Nous offrons à nos amoureux
De doubles raisons d'être heureux.

Nue avec vous

En Suède, au Danemark, je ne fais pas que rêver de soixante-neuf, ni que le pratiquer : je retrouve des amis, des amies. C'est pourquoi je suis là-bas, comme dans d'autres pays, chez moi.

Chez moi, je vis nue. Je ne me sens chez moi que là où je peux être nue. Mais être nue seule n'a pas de sens. Etre nue intelligemment, heureusement, érotiquement, c'est pouvoir l'être avec ses amis.

Si mes amis ne m'aimaient pas mieux nue que vêtue, ils ne m'aimeraient pas. Si je n'aimais pas mieux être nue avec eux que nue seule, je ne les aimerais pas.

Nue près d'eux, cet été, je les ai invités à chanter avec moi. Avec leur aide, pour leur voix, j'ai écrit, en jouant, cette chanson, que Suzanne Brøgger a mise en musique :

Qui de vous, mes amis
Sait me voir à l'œil nu ?
Qui de vous, mes amants,
Me caresse à main nue ?
Qui de vous, mes enfants,
M'embrasse à lèvres nues ?
Et qui de vous, mes hommes,
M'aimera à cœur nu ?

Si l'un de vous me désire
Nue pour lui,
Je serai nue pour vous tous,
Mes amis !

Passant inconnu
Qui cherches l'amour,
Je suis l'inconnue
Que cache le jour
Et montre la nuit.
Chanceux qui me trouve !
Peureux qui me fuit !
Heureux qui m'éprouve
Sans tant de façons,
Sans me demander
Si je sais aimer,
Si j'aime oublier.
Qu'importe mon nom ?
C'est le nom du temps,
Le nom de la vie,
Le nom d'une amie,
Chantant dans le vent
Pendant qu'il est temps.

Qui de vous, mes amis,
Fait l'amour les yeux clos ?
Qui de vous, mes amants,
Caresse, mains fermées ?
Qui de vous, mes enfants,
Embrasse, lèvres serrées ?
Et qui de vous, mes hommes,
N'aime que dans le noir ?

Si l'un de vous désire
Que je sois sa femme,
Je serai votre femme à tous,
Mes amis !

Une fille nue,
Très belle et très nue,
Montre à ses copains
Son ventre et ses seins,
Forts comme la vie,
Chauds comme le temps,
Frais comme le vent.
Qui l'aime la touche
Et touche son cœur,
Ou lèche sa langue,
Ou serre ses mains,
Ou chante son nom.
Pas de différence
Entre jeune et vieux,
Entre noir et blanc.
Elle a tant d'amis
Et les aime tant !
Ils sont ses amants.

Qui de vous, mes amis,
Rêve avec moi, les yeux fermés ?
Qui de vous, mes amants,
Joue avec moi à mains nues ?
Qui de vous, mes enfants,
Aime avec moi à cœur ouvert ?
Et qui de vous, mes hommes,
Vivra jamais à cœur perdu ?

Si l'un de vous me désire
Pour lui seul,

Je serai seule avec vous tous
Mes amis !

Les yeux d'un seul homme
Ne savent pas voir.
La main d'un seul homme
Ne sait pas serrer.
Le corps d'un seul homme
Ne sait pas jouir.
Le cœur d'un seul homme
Ne sait pas aimer.
Solitaire amant
Qui me déshabilles
En fermant les yeux,
Tu me verrais mieux
Si d'autres avec toi
Me regardaient nue.
Tu m'aimerais mieux,
Jaloux amoureux,
Si d'autres que toi
Me faisaient l'amour.

Je vois, les yeux grands ouverts,
Avec qui de vous, mes amis ?
Je jouis, le corps grand ouvert,
Avec qui de vous, mes amants ?
Je désire à cœur grand ouvert,
Avec qui de vous, mes enfants ?
Je vivrai fidèle à la vie,
Mais avec qui de vous, mes hommes ?

Si l'un de vous me désire
Morte pour lui,
Je serai perdue pour vous tous,
Mes amis !

A la fin du temps,
Les filles du vent,
Qui aiment changer
De feu et de lieu,
De foi et de loi,
N'auront plus envie
De se mettre nues.
Elles s'en iront
Loin de votre vie,
Sans s'être expliquées,
Sans plus rien montrer,
Sans vous consoler,
Sans vous embrasser,
Sans vous rhabiller.
Tout ça simplement
Parce qu'un amant
Ne sait pas toujours
Faire bien l'amour.

L'héritage

— Pourquoi n'as-tu pas d'enfants, Emmanuelle ?

— Parce que je ne pourrais leur servir à rien.

— Qui t'empêcherait, tout au moins, de leur faire plaisir ?

— Tout le monde. Je ne vis pas sur une île déserte. Et ne voudrais pas y vivre.

— Même pas seule avec tes enfants ?

— Surtout pas ! Les enfants qui vivent seuls avec leur mère n'apprennent pas à grandir : ils apprennent seulement à vieillir.

— Si tu avais des enfants, n'aimerais-tu donc pas les garder avec toi, pour qu'ils te ressemblent ? Préférerais-tu qu'ils ressemblent à d'autres ?

— Je ne voudrais pas qu'ils « ressemblent » : ni à moi, ni à personne.

— N'es-tu pas heureuse d'être ce que tu es ?

— On ne peut faire rien de bon quand on imite. Si notre monde devient de plus en plus ennuyeux, peut-être est-ce parce que ses habitants n'ont pas de plus grande ambition que de s'imiter les uns les autres — à perte d'imagination, à perte de sens... Rien ne fait davantage jouir les gens de notre temps que de pouvoir dire : « Je suis comme... Je fais comme... » Nous vivons dans l'ère de la *commerie*. Y a-t-il aujourd'hui une quelconque différence entre un discours politique thaïlandais et un discours militaire argentin ? En quoi l'élégance d'une bourgeoise iranienne se distingue-t-elle de celle d'une Parisienne ? Un night-club de Nairobi offre-t-il d'autres distractions qu'une discothèque à Zamboanga ?

— Aurais-tu la nostalgie d'époques où les gens et leurs habitudes étaient plus divers ?

— Je ne gaspille pas mes jours à regretter ce que je n'ai pas connu. Je préfère chercher autre chose.

— Ne t'exposes-tu pas à prôner le changement pour le changement ?

— En devenant différents de ce que nous sommes, nous prendrions moins de risques qu'en nous singeant à perpétuité.

— Devons-nous tout oublier de ce que nous savons ? Ne plus rien faire de ce que nous aimons ?

— La vie en société nous a trop bien et trop longtemps conditionnés pour que nous puissions désormais espérer perdre nos réflexes et nos manies. Cette planète n'offre de chances d'innovation qu'aux enfants qui n'existent pas encore. A condition, toutefois, que nous ne nous mêlions pas de les éduquer. Leur jeunesse future ne naîtra pas de notre vieillesse.

— C'est pourtant par la transmission passionnément immuable de leurs caractères d'identité que les espèces vivantes défient la menace du temps. Pour toute matière existante, si cette matière peut penser, le temps est une variable effrayante. La vie est une machination héroïque fomentée contre l'horreur temporelle du hasard. Vivre est une utopie d'invariance. Toi-même, ne cites-tu pas volontiers ces paroles d'un biologiste contemporain : « La vie ne commence jamais : elle continue* » ?

— Je ne m'attends pas à ce que l'espèce humaine change de forme. Mais je suis sûre qu'elle ne pourra faire autrement que de changer de croyances.

---

* Professeur François Jacob, prix Nobel de médecine, dans *La logique du vivant*.

— Cela n'est-il pas précisément affaire d'éducation ?

— Malheureusement, le seul genre d'éducation que nous sachions pratiquer opère contre les mutations nécessaires. Nous n'apprenons pas à nos enfants à continuer de vivre, mais à continuer de croire en nos valeurs, en nos convoitises, en nos malveillances, en nos frayeurs, en nos chimères et en nos fois.

— Nulle société n'est viable sans illusion de pérennité. La morale déguise en principe ce qui n'est que volonté de survie.

— Les sociétés doivent-elles donc être immortelles ? L'étude de la matière ne nous la révèle pas seulement capable de ce souhait fabuleux d'intégration biologique du temps que vous évoquiez tout à l'heure : elle nous apprend qu'une organisation ne peut faire place à une organisation meilleure qu'à condition de se désorganiser d'abord : en sorte que les éléments qui la composaient soient restitués au génie créateur, pour qu'ils les recombine autrement. Si la vie produit les types d'organisation les plus complexes et les plus efficaces de l'Univers, c'est parce qu'elle est un projet constamment révisable et un agencement constamment révisé : par la mort. La mort est ce qui rend disponible pour d'autres progrès les progrès que la vie a faits. Une vie immortelle serait inutile au devenir du monde. Si nos cellules vivaient séparées, peut-être dureraient-elles toujours, mais vaudraient-elles pour autant plus que nous ? Nous mourons parce que nous sommes plus intelligents qu'elles.

— Désires-tu une extermination générale des brouillons provisoires que nous sommes, pour qu'une race mieux organisée prenne notre place ? Dans ce cas, la bombe à neutrons doit te plaire !

— Le génocide et le suicide collectif n'ont jamais fait avancer la vie. Toute communauté qui tire son pouvoir d'un massacre reste hantée par le souvenir de ce qu'elle a détruit, et s'ingénie à répéter les pires aspects du groupe vaincu. La violence ne construit pas de nouveau monde : elle refait inlassablement le mal que l'ancien avait fait. Ce mécanisme, d'ailleurs, joue au-dedans des consciences individuelles de la même façon qu'il se joue de la conscience collective. Sans doute Freud n'affabule-t-il pas tellement, lorsqu'il professe que notre psyché reste marquée par la mythologie de la horde primitive, au sein de laquelle l'enfant n'accédait à l'âge adulte que par le meurtre rituel du père, puis passait le reste de son existence à reproduire l'image tyrannique de ce père supprimé. Aussi longtemps que la succession des générations suivra symboliquement ce modèle de développement, l'humanité vivra moralement et socialement à l'âge de pierre.

— La mère que tu aurais pu être aurait-elle préparé ses petits à autre chose qu'à cette éternelle préhistoire ?

— Je n'en sais rien. J'aurais du moins tenté de leur apprendre la douceur.

— Suffirait-il que quelques-uns soient doux pour que l'humanité le devienne ? L'Enfant-Jésus, qui se voulait doux et humble de cœur, et les « flower children* » n'ont pourtant pas trop bien réussi.

— Je suis incompétente pour en juger : le mysticisme et l'angélisme ne sont pas ma partie.

— L'optimisme que je découvre dans tes livres cacherait-il le pessimisme inconsolable de celle qui les écrit ?

— N'étant intéressée ni par les démons ni par les anges, je n'annonce pas de paradis prochain ni d'enfer promis. Les gens qui prophétisent l'apocalypse m'ennuient autant que ceux qui veulent absolument nous sauver. Ni moi ni personne n'avons les yeux assez bons pour voir aussi loin. Je serais déjà bien contente si tout le monde essayait de voir de plus près.

---

* « Enfants aux fleurs », nom que se donnaient les hippies américains annonciateurs de vie simple, de non-violence et d'amour diffus, au milieu des années soixante.

— Voir quoi ?

— Ce qui est. Au lieu d'inventer des fantômes pour avoir ensuite peur d'eux.

— Cesse toi-même de parler par oracles : appelle par leur nom ces fantômes qui t'horripilent.

— N'ai-je pas déjà assez parlé ? N'ai-je pas assez explicitement nargué le fantôme de l'amante, qui rend l'épouse folle de jalousie ; le fantôme de la virginité, qui rend l'époux fou de possession ; le fantôme du couple fermé, qui rend les hommes et les femmes fous de solitude ? N'ai-je pas assez loquacement défroqué le fantôme des pudeurs surannées, l'ectoplasme des résignations, le spectre des remords pieux, qui rendent l'amour impossible ? N'ai-je pas apostrophé assez chaudement les moralistes transis qui brûlent les films et les livres, les pisse-froid qui mettent des rallonges aux jupes et des soutiens aux seins, les flics frileux qui rhabillent les baigneurs nus et les juges frigides qui enferment les baiseurs vus ? Ces fantômes-là, c'est vrai, n'ont pas l'oreille fine, mais leur hantise ne me monte pas à la tête. Et je ne me mettrai pas, à mon tour, à endoctriner l'avenir : non de crainte d'en dire trop, mais parce que je suis consciente d'en savoir trop peu.

— Les parents doivent-ils donc se taire ?

— Sûrement !

— Qui, alors, se chargera de transmettre l'héritage de notre humanité ? Une humanité qui n'a pas, conviens-en, conçu que des fantômes, ni su seulement prendre peur de son ombre.

— Cet héritage se charge fort bien tout seul de se transmettre ! Il n'a pas besoin de nos gloses. Notre art, notre science disent notre histoire mieux que nous avons su la vivre. Et mieux que nous ne saurons jamais la commenter. Ce dont l'humanité est capable, les enfants ne l'apprennent pas en écoutant parler leurs aînés : ils l'apprennent en ouvrant les oreilles et les yeux, en portant les mains sur les œuvres que le savoir

— ou l'espérance du savoir — ont réalisées. Laissons-les donc jouer, ces enfants curieux, avec les statues et les pierres gravées, avec les émaux et les toiles peintes, avec les violes et les flûtes, avec les jardins et les villes, avec les routes et la lumière que notre sens du rêve a su inventer. Laissons-les entendre les contes où nous tentons d'exister dans l'imaginaire. Laissons-les chanter les chansons qui avouent notre goût d'espérer par jeu. Laissons-les manier les microscopes, les téléscopes, les radars, les accélérateurs de particules et les lanceurs de satellites qu'ont assemblés nos désirs ailleurs. Laissons-les explorer pour leur compte les relations d'incertitude, les nombres transfinis, les fonctions quantiques qui ont guidé nos premiers gestes vers les courbures de l'espace-temps, afin qu'eux-mêmes puissent tendre les bras plus loin.

— N'y a-t-il aucune de ces créations que nous devions, par décence, cacher aux enfants ?

— Si : nos monuments aux morts et aux dieux. Ou nos chants de guerre et de deuil. Ne les empêchons pas, en revanche, de connaître ce qui sert à l'amour ou ce qui se fait par amour. Les enfants à qui l'on cache ce qui est beau et que l'on prive de toucher ce qui est bon prennent le monde en grippe et voient ensuite le mal partout.

— Donc, il ne faut les protéger de rien, même pas de ce que la société juge obscène ?

— La société commence par vouloir protéger les enfants, les vieillards, les femmes. Elle les confine dans leur classe d'âge et de sexe, dans leur prétendue innocence ou leur faiblesse présumée. Puis elle finit par les exclure. Les enfants, les vieillards et les femmes n'ont pas besoin de protecteurs : ils ont besoin d'amoureux.

— Il n'est donc pas vrai que tu n'aurais rien à apporter à tes enfants, Emmanuelle : tu leur donnerais l'exemple de l'amour.

— Je ne crois pas à l'utilité de l'exemple.

— Ni même à l'utilité des idées ?

— Cela, si. Nos idées valent plus que ce que nous sommes. Nous, hommes et femmes des débuts du monde, ne sommes ni heureux, ni bons, ni justes, ni courageux, ni sages, ni n'avons bon goût, mais nous avons quand même été capables d'énoncer l'idée de bonheur, l'idée de générosité, l'idée d'objectivité, l'idée de raison, l'idée de liberté, l'idée de beauté.

— Eh bien ! Des œuvres d'art, des rêves amoureux, des machines, des géométries, des plaisirs, des idées : voilà, somme toute, un héritage assez riche pour que nos enfants aient largement de quoi vivre !

La moitié retrouvée
(conte)

Mon demi-pain me manque !
Ce demi-pain, je l'aime. Ce demi-pain me rendait heureux...
(Sunday, Bloody Sunday)

Andreas me parlait de philosophie pendant que je faisais l'amour à sa femme. J'éprouvais par moment de la difficulté à lui poser des questions ou à lui répondre : le sexe de Malini était si bon et si pressant qu'il me fallait serrer les dents pour ne pas jouir trop tôt. Heureusement, l'intérêt que je prenais à écouter Andreas m'aidait à repousser la tentation d'un orgasme immédiat.

Malini ne veut rien savoir ni de la pilule ni d'aucune autre méthode contraceptive. Les premiers jours, je me retirais d'elle à temps, surtout par égard pour Andreas. Puis je ne me suis plus retenu. Le plaisir que j'ai à éjaculer au fond d'elle, abouché à son utérus, est trop grand pour que je puisse désormais songer à m'en priver. Elle sera donc bientôt enceinte, sans qu'aucun de nous sache au juste si le sperme de son mari l'aura fécondée ou le mien.

Abruptement, toutefois, Andreas m'a demandé :

— Préférerais-tu que mon enfant soit engendré par toi ?

J'ai acquiescé. Andreas m'a alors assuré que, jusqu'à la grossesse de Malini, il veillerait à ne plus jouir que dans sa bouche, dans son anus ou sur son ventre.

L'idée de ce partage, à dire vrai, ne me serait probablement pas venue de moi-même. Tout à coup, cependant, la perspective de faire, avec Malini, un enfant dont Andreas serait le père me semblait la plus raisonnable. Il était plus apte que moi à faire face aux responsabilités qu'implique une naissance — les soins à donner à l'enfant, son entretien matériel, son éducation. De mon côté, je pourrais jouir plus pleinement encore du plaisir de faire l'amour à Malini en pensant aux conséquences à venir que ce plaisir allait avoir au-dedans d'elle, et entre nous trois.

— Comptes-tu rester longtemps l'amant de Malini ? m'a encore demandé Andreas.

— Oui, ai-je dit. Je n'ai jamais connu personne qui soit aussi bonne à baiser.

— Ni homme ni femme ? a insisté Andreas.

— Normalement les hommes sont meilleurs que les femmes, ai-je reconnu. Mais la tienne fait exception. Je me demande d'ailleurs pourquoi.

Il hasarda :

— Peut-être n'avais-tu jamais goûté d'une vierge ?

J'ai fait observer :

— Malini n'était plus vierge, lorsque je l'ai baisée pour la première fois.

— Pratiquement si. Elle n'était, tu le sais, dépucelée que de la veille. Et encore ! A peine à moitié.

Pourquoi avait-il attendu, pour la déflorer, jusqu'à la nuit qui précéda leur mariage ? Pourquoi n'avait-il alors rompu qu'en partie son hymen ? Lorsque je les ai connus, au cours de la réception familiale qui suivit leur retour de l'église, Malini elle-même posait à haute voix ces questions au curé qui venait de célébrer la cérémonie et qui, pour toute réponse, hochait la tête en mangeant des gâteaux.

A mon tour, ce jour-là, j'ai interrogé sur ce sujet la mère de Malini. Elle passa toute l'heure suivante à m'informer par le menu des banales relations amoureuses d'Andreas et de sa fiancée. Leur rencontre avait été conforme en tous points aux traditions du roman bon marché : tant pour lui, professeur, dont c'était la première année d'enseignement, que pour elle, son élève, dont c'était la dernière année d'étude. Leur écart d'âge n'était pas moins classique : exactement dix ans. Leur origine sociale, leurs goûts, leurs qualités intellectuelle, leur langage étaient aussi heureusement appariés que l'était leur beauté.

S'il avait été plus influençable et plus jeune, j'aurais certainement tenté de séduire Andreas avant elle. Mais il ne me laissait pas l'approcher. Je continuai donc de regarder Malini.

Le prêtre était aussi attentif que je l'étais à la voir nue sous sa robe longue. Il ne s'agissait en aucune manière, dans ce cas, d'une nudité furtive, allusive, dont l'aubaine d'un contre-jour aurait dessiné la silhouette fortuite entre deux jeux de jambes : c'était une nudité franche et voulue, qu'explicitait même la pénombre. Une nudité dont les détails s'exposaient, s'imposaient avec de mémorables et insolites redondances.

C'est ainsi que non seulement les seins de Malini étaient parfaitement visibles à travers l'extrême transparence de sa robe, mais encore l'échancrure de son décolleté était si profonde et si large qu'à chaque instant, par la grâce du moindre geste, la pointe de l'un ou de l'autre sein se libérait de ce corsage, puis le sein tout entier. Distraitement, sans cesser de parler et de rire, Malini prenait alors son sein nu dans le creux de la main, en suivait doucement la rondeur, en testait la fermeté, jouait du doigt avec le bout, qui était petit, aigu, dur, entouré d'une collerette étroite, perlée, rutilante. Puis la jeune fille — je veux dire, la jeune mariée —, toujours aussi distraitement, semblait-il, replaçait ce sein sous le tissu mince. L'autre sein, aussitôt, surgissait.

J'ai déjà mentionné que la robe que Malini portait en cette circonstance, et qu'elle avait portée même à l'église, laissait voir à travers elle presque aussi clairement qu'une vitre. Continuellement, donc, l'on pouvait observer le dessin harmonieux, l'épaisseur bouclée, l'or translucide de la toison que soulevait le relief de l'os pubien, mettant en valeur la concavité musclée d'un ventre de gymnaste et la ligne des longues cuisses fines dont je crois qu'elles furent, plus que tout autre élément de sa beauté, ce qui me décida à posséder sexuellement cette femme, à la posséder pour de bon, à la posséder sur-le-champ.

Cette décision, pour être tout à fait exact, remonte au moment précis où Malini s'assit et nous invita, le curé et moi, à prendre place vis-à-vis d'elle, pour déguster d'autres pâtisseries. Du même mouvement, elle saisit à pleins bras sa jupe, avec une mimique d'excuse, comme si, tout diaphane qu'il fût, l'écran que cette étoffe avait interposé jusqu'à présent entre son corps et nous était indécent, impoli. Elle releva la masse de mousseline (ou de gaze, d'organdi, de voile : je ne distingue pas ces choses) jusqu'au sommet de ses jambes, jusqu'à son sexe : en sorte que nous pouvions voir dorénavant sans aucun flou le gonflement brillant et rose des lèvres de sa vulve et la coupure ouverte entre elles, rectiligne, ombrée et que j'imaginai humide, au-dessous du triangle blond.

La pointe inférieure de celui-ci s'achevait avec la même netteté, sans débordement ni frange, à l'endroit où l'on voyait — ou l'on croyait voir — pulser, comme un cœur d'étoile naissante, le clitoris.

Malini nous regarda, qui regardions son sexe. Elle semblait attendre, mais quoi ? Que nous la complimentions d'être aussi visible, aussi tangible, aussi superbe ? Le prêtre secoua, de nouveau, la tête.

Pour être sûr que je n'étais pas sujet à visions, j'ai demandé à ce témoin :

— Avez-vous jamais rien vu d'aussi beau ?

— Jamais ! dit-il.

Je me suis ensuite adressé à elle :

— Pourquoi Andreas est-il resté si longtemps sans vous faire l'amour ?

Elle a ri, de son rire heureux :

— Sans me faire l'amour ? Qu'est-ce qui vous le fait penser ?

Sa mère m'expliqua :

— L'on peut faire l'amour sans dépuceler.

— Pourquoi se limiter ? ai-je tenté de comprendre.

Je m'en suis pris au curé :

— Est-ce un effet de votre doctrine ?

Il haussa les épaules.

Malini me défia :

— Vous-même, que connaissez-vous du sexe ? Baiser est aussi une limite.

— Andreas vous sodomise-t-il ? ai-je questionné.

La moue que décrivirent les lèvres de sa bouche mima celle que je contemplai sur son sexe. Elle finit par avouer :

— Pas encore. Il aime procéder par étapes.

— Et vous ? Quelle sera votre prochaine étape ?

Elle demeura immobile, silencieuse, inscrutable. Je voulais être cette prochaine étape et je le lui dis. J'ajoutai :

— Vous êtes tellement femme que vous donnez l'envie de vous prendre comme un garçon.

Son rire résonna de nouveau. Elle se leva et posa la main droite au creux de mon bras :

— Allons retrouver Andreas, me dit-elle. Nous sommes mariés depuis plus d'une heure et nous n'avons pas encore organisé notre vie !

Elle et moi avons bavardé avec son mari, avons distrait les invités, avons dansé, avons chanté, avons bu et mangé jusqu'à la tombée de la nuit. Puis je l'ai prise par la main et l'ai conduite dans sa chambre.

— Sur le lit nuptial ? m'a-t-elle taquiné.

Mais elle n'a pas attendu mon action. Debout, elle a soulevé sa jupe, comme elle sait si bien le faire. Cette fois, elle n'en a pas limité l'ascension à la hauteur de son pubis : elle l'a fait passer tout entière par-dessus sa tête, l'a lancée à bout de bras à travers la pièce et s'est tenue devant moi, infiniment belle, infiniment jeune, infiniment nue.

J'ai achevé de la déflorer. Puis, je l'ai pénétrée par l'autre côté. Puis dans sa bouche. Puis encore par l'entaille dont la moue continuait de me questionner et d'où coulait un filet de sang.

— Maintenant, dit-elle enfin, que suis-je ? Fille ? Garçon ? Ou les deux ?

Mais elle ne me laissa pas en trancher.

— Cela dépendra d'Andreas, prononça-t-elle. C'est sa volonté qui compte pour moi avant tout.

Au cours de l'année qui suivit, je ne sus pas tout de suite si elle avait mis ou non son mari au courant de nos rapports physiques. Je ne faisais, pour ma part, aucun mystère de l'intérêt que je lui portais. Je la voyais quotidiennement et, devant lui, la traitais avec tendresse et intimité. Mais, pour faire l'amour, elle et moi allions chez sa mère, ou chez le curé.

Le jour anniversaire de leur mariage, Andreas et elle m'ont invité à les accompagner dans un club nocturne dont ni eux ni moi n'étions membres et où nous n'avions jamais mis les pieds. Un jeune homme au regard séraphique, qui nous était totalement inconnu, sortit de là au moment où nous tentions ingénument de négocier notre admission avec le portier : il déclara de but en blanc être notre ami, se porta garant de notre snobisme et nous offrit, avec son parrainage, une bouteille de whisky pleine. Puis il disparut avant que nous n'ayons compris son nom.

Nous étions venus pour danser, mais l'espace d'acier glacé qui servait de piste était trop encombré. Nous

nous sommes résignés à regarder les autres, ou leur reflet dans les miroirs, en buvant le whisky de l'ange.

Dans un endroit de ce genre, d'ordinaire, on ne peut ni voir ni entendre. L'alternance de flashes électroniques et d'une obscurité rituelle est calculée pour aveugler. La musique est amplifiée pour mieux assourdir. Ce lieu, toutefois, semblait différent : la lumière et les sonorités y étaient douces et invitaient à la tranquillité, à la tolérance. Les garçons dans les bras des filles avaient l'air tendre. Les filles ensemble étaient belles. La mode, hélas ! enlaidissait beaucoup d'elles.

Andreas déclara que, de toutes les arriérations et de tous les échecs dont souffrait l'humanité, l'absurdité de forme du vêtement, sa laideur croissante, sa fonction mythique étaient parmi les plus consternantes. Au lieu de se parer pour s'embellir, les animaux humains étaient devenus des singes vêtus. Plus qu'une conséquence de leur bigoterie, de leur hargne et de leur sottise, l'habit en était devenu une cause. Accoutrés de façon si frigide, comment pourraient-ils aimer ?

— L'ampleur du désastre ne m'est jamais aussi bien apparue qu'un certain après-midi d'août, à la terrasse du café Florian, place Saint-Marc, à Venise, poursuivit-il. Tel Jéhovah consentant un sursis au châtiment de Sodome et Gomorrhe, je me suis dit que si la tenue d'un seul homme ou d'une seule femme ne me donnait pas, ce jour-là, la nausée, je pardonnerais à leur race. J'ai perdu.

— Peut-être ces estivants n'étaient-ils aussi désolants à voir que parce qu'ils étaient à demi vêtus ? ai-je suggéré.

— En effet, a-t-il convenu. Il ne faut jamais rien être à moitié.

— Etre, comme je le suis à présent, demi-nue, a questionné Malini, est-ce n'être pas assez habillée ou pas assez nue ?

— Lorsque tu étais demi-vierge, a répondu Andreas, te sentais-tu trop femme ou pas assez aimée ?

Malini se leva et fit un signe au serveur le plus proche. Quand il fut devant elle, elle retira sa robe et la lui remit. L'homme s'inclina et emporta ce don, sans doute au vestiaire. Malini se rassit avec un sourire de contentement.

— Andreas a raison, dit-elle. J'étais à moitié mal. Maintenant je suis complètement bien.

Nous avons continué de parler entre nous, sans nous soucier de l'assistance. D'ailleurs, personne ne semblait choqué par la nudité de Malini. Les regards qu'elle attirait n'exprimaient que l'admiration, le respect.

Tout naturellement, Andreas et moi avons fini par l'embrasser, la caresser. Elle nous a rendu nos baisers, nos caresses. Elle aurait fait l'amour avec nous, devant tous, si nous-mêmes l'avions osé. Mais nous n'étions encore qu'à demi libres, à demi courageux.

— Je t'aime, a dit Malini à Andreas. Pourquoi ai-je aussi besoin d'un amant ?

Nous avions fini la bouteille. Andreas se servit de l'ivresse comme d'une excuse à la sincérité :

— Le mariage est un pressentiment. Tout couple a l'intuition d'une moitié manquante. Le vide qu'un homme ouvre en une femme, seul un autre homme peut le combler. Se marier, c'est se mettre à deux pour chercher cet autre. L'amour est solitude tant qu'il n'accomplit pas d'impossibles inclusions.

Lorsque nous sommes sortis, le portier, cérémonieusement, a tendu sa robe à Malini. Elle a secoué la tête en riant :

— Non, merci, a-t-elle expliqué : je n'ai plus froid.

Pour la première fois, cette nuit-là, j'ai fait l'amour avec Malini en présence de son mari. Et ils ont fait l'amour devant moi.

— Mais pourquoi pas tous les trois ensemble ? s'est-elle étonnée. Dans les bras d'un seul homme, je me retrouve à demi délaissée. A demi vierge. A demi nue. A demi seule. A demi aimée.

J'ai pensé tout haut :

— Pour que nous t'aimions comme tu le désires, il faudrait qu'Andreas apprenne à faire aussi l'amour avec moi.

— N'est-ce pas déjà ce que je fais ? a-t-il remontré. Quand je te parle et que nous passons ensemble des heures, des jours, à étudier la Nature, à interroger les livres, à rêver d'amitié, à haïr l'injustice, à désirer la vie, à attendre la mort, ne faisons-nous pas l'amour ?

J'ai réfléchi : demain, je dirai à Andreas qu'il se trompe, lorsqu'il m'offre d'être le seul père physique de son enfant. Serait-il raisonnable que cet humain futur n'ait qu'un demi-père ? Serait-il juste qu'il ne soit créé qu'à moitié ? Serait-ce l'aimer que de vouloir pour lui rien de moindre qu'un progrès inouï ?

Deux corps ne peuvent reproduire qu'un nouveau corps faible. Deux cœurs ne peuvent former qu'un nouveau cœur triste. Deux cerveaux ne peuvent refaire qu'un cerveau borné. Pour que la genèse de notre enfant échappe à cette invariance tragique, il faut que le corps d'Andreas s'unisse à mon corps dans le corps de Malini : là où déjà m'attend son cœur ; là où se rejoignent déjà nos pensées.

Quand, au-dedans de notre femme amie, de notre amante nue, rien de distinguera plus Andreas de moi, ni ne nous séparera d'elle ; quand Malini ne fera plus de préférence entre amant et mari ; quand je ne verrai plus de différence entre Andreas et elle ; quand Andreas ne saura plus s'il fait l'amour avec Malini ou moi ; quand nos sexes et nos droits seront enfin indiscernables et que nous ne diviserons plus entre nous les idées, les êtres et les biens par moitié — peut-être alors serons-nous tous trois assez heureux, assez inventifs, assez puissants pour nous perpétuer dans les gènes infinis d'un enfant jamais né.

VI

Coda du chant de la sirène

Déraillement à Honfleur

Je n'ai pas besoin d'aller
là où je vais : je suis déjà là.
Ton-Hon

« Emmanuelle prend à Honfleur la micheline omnibus qui doit la conduire à Lisieux. Elle aime tout de suite l'odeur de cette gare qui lui rappelle son enfance... »

Ainsi débute une parodie récemment parue chez André Balland, sous le titre d'*Emmanuelle dans l'autorail,* et due à la plume à succès de deux anciens contestataires de mai 1968, devenus en vieillissant de simples blagueurs, Michel-Antoine Burnier et Patrick Rambaud.

Tout est possible : même qu'Emmanuelle soit en partance de la Terre. Mais quelle foutue idée d'aller la quitter à Honfleur !

L'amour de la mer n'explique pas tout. Les habitués du port normand auront aussitôt compris que la cause subconsciente de ce choix doit être cherchée dans l'architecture de la Lieutenance.

Comme beaucoup de choses anciennes, cette ex-demeure des lieutenants-gouverneurs du roi, en bordure du Vieux Bassin, n'a plus grande raison d'être. A la bien regarder, on doute même qu'elle ait jamais pu servir à quoi que ce soit. Sa porte, empruntée, paraît-il, aux remparts de Caen, ne mène nulle part. L'escalier qui escalade sa façade débouche sur le vide. Ses fenêtres ouvrent sur des murs inutiles. C'est un édifice que l'on peut contourner, mais dans lequel on ne penserait pas à entrer : qu'irait-on y faire ?

Quel rapport entre ce bâtiment classé et l'inclassable Emmanuelle ? Aucun, en effet, sinon les rapprochements moraux que voici.

D'une observation pourtant relativiste de la Lieutenance, Nitya Phenkun, dans *Dernières paroles de la kinnari,* tire une première série de conclusions qui, toutes, au premier abord, paraissent incontestables :

1) Ce qui est fait n'importe comment est égal à rien.

2) Faire n'importe quoi est pire que ne rien faire.

3) Aller n'importe où, c'est n'aller nulle part.

La théorie se complique à partir du moment où l'auteur prend conscience du fait que l'intérêt monumental (disons, pour obscurcir encore le sujet : la valeur culturelle) de la Lieutenance n'est pas substantiellement affecté par les absurdités de sa structure. Sans retirer les précédentes propositions, Nitya Phenkun en présente alors trois nouvelles, diamétralement opposées aux premières et non moins pertinentes ; à savoir :

1) Ce qui est fait n'importe comment est toujours quelque chose.

2) Faire n'importe quoi vaut mieux que ne rien faire.

3) Aller n'importe où, c'est aller quelque part.

Compte tenu de la validité simultanée de ces hypothèses antagonistes, il n'y a pas lieu de s'étonner qu'elles aboutissent à la formulation de deux *Principes de Honfleur,* prouvés et de sens contraire — dont la fonction principale consiste à nous inspirer un égal désespoir.

Le premier de ces principes constate que : *Ceux qui n'ont pas de projet de vie sont forcément déçus.*

Cela revient à supposer que, des projets de vie, certaines gens en ont ? Alors, sautons sur le marchepied du train, avant qu'il n'ait quitté cette gare qui réveille chez Emmanuelle de si beaux souvenirs et crions fort pour que la partante entende nos questions :

— Où vas-tu ? Faire quoi ? Le faire comment ?

Sa réponse, c'était à prévoir, est couverte par le sifflet

de la locomotive. Par bonheur, la voyageuse a le temps de nous jeter à la figure un paquet relié de linon bleu pâle et noué de rose. Des lettres d'amours ? Non : ses cahiers d'écolière.

Sur la couverture du premier, à côté du nom de l'élève Emmanuelle et de son âge (14 ans), nous lisons, dans une écriture déjà adulte :

Je ferai de ma vie un rêve et de ce rêve une réalité.

Voilà donc, apparemment, le Premier Principe de Honfleur confirmé. Emmanuelle a eu une vie signifiante, une vie remplie, une vie utile, une vie heureuse — le contraire de l'existence contingente dont la pensée donnait la chair de poule à notre jeunesse — parce qu'elle ne s'est pas lancée en avant sans projet. Elle a choisi sinon son pays d'origine, du moins les lieux du monde où elle a vécu. Elle a choisi sa langue. Elle a choisi son nom. Elle a choisi ses croyances. Elle a choisi ses compagnons de vie et ses camarades d'action. Elle a choisi son travail. Elle a choisi ses plaisirs. Elle a choisi aussi ses solitudes et ses refus. Elle a pris des risques. Elle a eu des idées. Et puisqu'elle ne nous dit pas que ces choix lui laissent des regrets, c'est qu'elle ne regrette rien.

Très bien. Passons donc au Deuxième Principe. Que nous apprend-il ?

Que : *Ceux qui vivent en projet sont forcément déçus.*

Ah, bon ? Mais, au fait, qui en doutait ? Tout le monde sait bien qu'aucun espoir ne se réalise jamais. Quelle réalité peut satisfaire celui qui se drogue d'inventions idéales ? Quel présent peut l'intéresser, s'il ne songe qu'à l'avenir ? Quel temps lui reste-t-il pour jouir, lui qui ne sait que désirer ? Quelle contrainte est pour lui supportable, lorsque la liberté l'attend derrière ses paupières fermées ? Il n'accepte pas de faire n'importe quoi, n'importe où, n'importe comment, parce qu'il ne veut pas faire la bête. Il fait donc l'ange. Jusqu'à la chute.

Villiers de l'Isle Adam — je l'ai rappelé — a rêvé tout haut une *Eve future* plus parfaite que ne fut ou ne sera jamais nulle créature de Dieu ou du Diable. Pour être tout à fait sûr, en effet, qu'elle ne soit pas ratée, l'auteur a pris soin de la faire faire, ici-bas, de main d'homme. Beau projet ! Au moins un homme sur deux, femmes comprises, l'a formé. Résultat : à la veille de sa mort, ce cri d'amer humour du poète, échiné par la vie de chien qui fut la sienne : *« Ah ! Je m'en souviendrai, de cette planète ! »*

Bilan de tout ça ?

Les six propositions de Nitya sont équivalentes en horreur : toutes vraies et toutes mortelles. Et, pile ou face, ses principes annoncent un même destin : plus inexorablement encore qu'à la mort, la vie humaine est vouée à la déception pure.

Rêver de vivre, rêver sa vie, agir son rêve... Il n'y a pas qu'Emmanuelle au monde à avoir cru ce projet possible. Elle et ceux qui lui ressemblent auraient peut-être mieux fait de se demander d'abord si la vie est une promesse qui peut être tenue.

Ne pas tenir sa promesse, c'est faire preuve d'improbité. Question touchante : la vie nous rend-elle justice ? D'où vient notre échec ? Et pourquoi, d'abord, les autres nous déçoivent-ils tant ?... Ah, nous voilà bien partis !...

Il doit bien, pourtant, bon dieu de bon dieu ! y avoir quelque part quelqu'un qui meurt content d'avoir vécu ? Mais, si nous rencontrons un de ces oiseaux rares, comment nous fier à ce qu'il raconte ? Peut-être est-il déjà gâteux ? Sans se rendre compte qu'il a un pied dans la tombe, il joue, une minute de plus que personne ne le lui demande, le rôle d'acteur publicitaire pour lequel il a touché sa modeste avance. Tel Georges Bataille, jabotant : *« Je ne voudrais pas me vanter, mais la mort m'apparaît comme ce qu'il y a de plus risible au monde. »* Tel Jose-Luis Borges, minaudant, non moins euphorique et benoît, devant la jeune fille qui l'interviewe : *« La vie, c'est bien, mais il ne faut pas en abuser. »* Mais de quoi nous parlez-vous donc là, docteur ? Abuser de la vie ? Qu'est-ce que cela, dans votre langue, peut bien vouloir dire ? Comment peut-on abuser d'une chose qui vous est rationnée aussi chichement ? D'une chance qu'on a à peine le temps d'entrevoir, pas du tout le temps de comprendre, et qui vous passe sous le nez avant qu'on ait commencé de savoir à qui elle pouvait être destinée ? Vous vous foutez de nous, monsieur l'écrivain !

Plus honnêtement que ces érastes de Thanatos, Jean Paulhan représentait-il l'ambition discrète du genre humain, lorsque, interrogé sur la mort, il a répondu : *« J'espère vivre jusqu'à la mienne. »* Ce chef-d'œuvre de *scaramanzia* ne vaut-il pas mieux que n'importe quel autre aveu d'ignorance, n'importe quel autre haussement d'épaule, n'importe quel autre cri de peur ? La modestie atroce de ce souhait est-elle le plus sûr moyen de conjurer la lucidité finale qui me guette : *J'ai vécu seulement en projet, je n'ai pas vécu ?* Non : il n'y a pas de contre-proposition aux Principes de Honfleur. Pas de troisième postulat. Les enfants de la nuit resteront dans la nuit.

Foutons donc tout en l'air ! Le train avec la Lieutenance ! Mais non sans avoir placé, d'abord, entre nos charges de dynamite, un microphone qui recueillera les dernières paroles d'Emmanuelle.

Eh bien, cette fille nous aura étonnés jusqu'au bout ! Elle ne prononce pas la roucoulade satisfaite que ses fidèles attendaient d'elle, quelque chose du genre : « J'ai tout désiré, tout voulu connaître, tout essayé, tout osé, tout aimé. J'ai joui de tout. Je meurs comblée. » Pas davantage elle ne paraphrase la feinte épitaphe de James Bond, telle que la pressentit Ian Fleming à l'approche de sa propre mort : « Je n'ai pas gaspillé mes jours à tenter de les prolonger. J'ai vécu mon temps. » Au lieu d'une ultime confirmation des rêves que nous l'avons si longtemps entendu faire tout haut, Emmanuelle nous adresse un adieu qui a de quoi nous laisser perplexes : un adieu plutôt long, évidemment, car même son dernier souffle n'aura pas réussi à être concis :

« Je suis solidaire du malheur des autres : de ceux qui vivent sans raison d'espérer. Il est juste qu'ils aient envie de se suicider. Il serait injuste que je leur survive. »